闫鹤廷 著

他年之鼓

吉林人民出版社

图书在版编目（CIP）数据

他年之鼓 / 闫鹤廷著 . -- 长春：吉林人民出版
社，2023.11
ISBN 978-7-206-20342-8

Ⅰ . ①他… Ⅱ . ①闫… Ⅲ . ①诗集－中国－当代
Ⅳ . ① I227

中国国家版本馆 CIP 数据核字 (2023) 第 246573 号

他年之鼓
TA NIAN ZHI GU

著　　者：闫鹤廷

责任编辑：王　斌　　　　　封面设计：张保康

出版发行：吉林人民出版社（长春市人民大街 7548 号 邮政编码：130022）

咨询电话：0431-85378007

印　　刷：天津画中画印刷有限公司

开　　本：720mm×1000mm　　1/16

印　　张：20.75

字　　数：200 千字

标准书号：ISBN 978-7-206-20342-8

版　　次：2024 年 1 月第 1 版

印　　次：2024 年 1 月第 1 次印刷

定　　价：88.00 元

如发现印装质量问题，影响阅读，请与出版社联系调换。

序

我心为鼓槌
万物鼓中蒙
欲敲意先改
不须世间声

　　我久久地站在松花江边，涛声是合拢翅膀的声音。赴约的人没有来，我用生命蒙住空虚，陷入漫长的等待，一等就是二十年，像一面莫名之鼓，像一面他年之鼓。浩荡的松花江水就是我虚度的时光，谁是我生命外的鼓槌呢？是打谷场上飞扬的谷壳，是马蹄窝里生不逢时的嫩草，是被光线穿透的蛛丝，是旷野里不明方向的旋风……

　　人生本是一张剔掉筋骨的牛皮，唯有无尽地奔跑仍在，是挣扎亦是欢娱，当它绷紧之时，过去的鼓声与未来的鼓声皆响于梦里。它们将我从落叶中救醒，在遥远的岸边，我是我要等的那个人吗？我是我在时光深处解放出来的那个人吗？

时光在我周围停住，每一首诗都是一阵鼓声，催促我在经验的顿悟中长大，在语言的匮乏中老去。每一个节奏都是旷野里颤动的青色的翅膀，却无法区分自身的明暗；每一个分行都是风中开开合合的门扇，却无法决定自身的进退。

鼓声中，不知东北老家的红瓦房与灰麻雀哪个正在逼近？骤马踢桩，弹弓忽响。漫山遍野的大豆高粱，带着熟悉的味道从灵魂深处钻出来，那种感知的弥漫是多么新鲜，能在一瞬间扩大，像久违的眼神，穿透遥远的岁月。

鼓声中，我又回到童年，竟不知从何开始，一会儿在田野里奔跑，一会儿坐在门槛上，等着母亲唤我。我简单，世界也简单，简单到只能玩泥巴、上树、捉虫子、在草垛上读小人书，没有玩具，甚至找不到能够寄托的东西，但所有的趣味都在心中。那时，最期盼过年，双响炮带着呼喊在阔远的星空里炸响，红色的纸屑纷飞四落，这就是我人生的第一首诗。它没有语言，每一次都是新的，每一年都是新的。

岁月慢慢苏醒，是它们把我带入存在的背后，像怒放的野花在交错的时空里，一直静静地等待着，等待那稍纵即逝的一刻。

鼓声中，诗本非诗，一切皆在有意与无意之间。我独自坐在田埂上发呆，天高云阔，旷野只剩下一个虚妄的地平线。在道路的尽头，落叶的速度极快，因它裹着一层刻骨铭心的霜尘。在某年归乡的人流中，行囊笨重如初，像带着锈色极速下坠的秤砣。那些时候，我不再是一位诗人，而是一个时光的游子，倒数着这些种种，一切都是梦境，我却偏爱这梦境中的分明，像柳枝上的芽苞，不染一尘。

写诗多年，我想诗的背后一定有歌，只是一找它，它就藏起来了。索性，我把万物蒙在鼓中，把心当作鼓槌。欢喜也罢，凄凉也罢，太多的偶然是惊涛拍岸的况味，太多的剥离是小船里灯火摇曳的境界。也许，多年后它不再是机巧与修辞，而是案上一炷香的缭绕与升腾。

又是一个秋夜，窗外无限凉意。窗纱被快速撩起，又轻轻放下。历时五年，我几经筛选，终于结成此集，名为《他年之鼓》，仿佛用了半生的力气才将果实赶往枝头，但世事牵绊，只能坐在人生的空白处，徒增落寞。

若说献给，不如随缘，有缘人自能深深地静听，并在敲打之后，忘记它们在世间应有的名字。

闫鹤廷
壬寅年酉月

目　录

一更鼓

二更鼓

三更鼓

四更鼓

一更鼓

我是一个虚无的鼓手
在巨大的鼓面上静坐
隐隐的鼓声
究竟来自哪里
这鼓声之前的一声
如此坚定
如此荒诞
到底催促着什么
仿佛一切都在点上
又都不在点上

春风如棒喝九录

眼里生杀无穷戏，
窗棂夜半把心扪。

　　东北的春风不仅大，偶尔还会裹挟一些沙土。我喜欢它扑面而来的棒喝，这一喝，仿佛把故乡喝回天地之始；更喜欢乡亲闭眼迎风的样子，人生的谜团，就此悠然而解。在一个宁静的村落，没有富贵贫贱，只有朴素的人在乡间的小路上走过，所有的一切，都将被春风催动、鼓荡，人在其中，只是顺应，笑骂嗔怒也不放在心上。春风更像一件新衣服，平时藏在田野里，只有逢年过节时穿一穿，懂它的人，常穿常新。

春 分

我缓慢地奔跑着

春风拂面

是大自然给予的某种纠正

柳色尽是悲悯

但每一年都要取走

一些掩映

草色尽是悲悯

但每一年都要取走

一些不可接近的目的地

这是额外的赐予

我却无力感知

为何

人世的方向与万物的方向

总是背离

远远的

余晖里的落花由轻盈转为空寂

它们徘徊的影子

恰似这个跑不出的梦境

风　筝

是什么控制着无穷的遭遇
感谢春风为我加速
我被飞鸟所羡
我所羡却又是飞鸟

我尽力保持原始的姿势
让所有的轨迹
适合遗忘

面对太阳
意识变得明亮
广阔的天空
逐渐成为我精神的一部分

箭矢与飞机
是我的幻觉
而牵线的人
却是我
在人世
即死即活的心

格　物

曾用一支短笛

描述一个春天

调子中的生涩与跳脱

却是它存在的真正意义

在乡间的清风里慢慢抽身

山川的声音

草木的声音

也只有此刻

才可以听见

才足够真实

在干干净净的晴空里

偏执亦是对的

我倾其一生

把一头牛从山水画中拉出

那闭口而立的牧童

仍然留在画中

春天的玩具

把刚刚泛绿的柳枝折下来
从上至下拧动
再把它们的骨头抽出
崭新的哨子一蹴而就
在被吹响之前
春天也是它们的玩具

孩子们吹着无名的调子
时而低沉
时而尖锐
像枝条又被春风吹拂
所有的声音
都被收纳在苦涩的舌尖上

柳枝的白骨被弃于路旁的杂草中
发出刺眼的光芒
让周边的虚无感顿增
这干干净净的无用之物
才是它们本来的样子

相逢一笑

春风拂面
柳枝掩映
也许
此时藏着它们共同的觉醒
人潮汹涌
绿叶细小
这多像一场中年的诟病
偶遇
却寂然一笑
你我皆是它们的
身外之物

时间酵母

自行车上的春风
榆树钱里的肉身
不断试探的触须
被虫子吃光的寂寞
曾经模仿过的声音

它们像一盆发面
微妙地变化着
我本是
试图留下的一小块"面引子"
却突然有了中年之心

孤单地从黑暗中回到这个世上
又困于此生的酸恶
任凭怎样揉搓撕拉
却不能把那些有趣的东西
从里面找出来

慢慢地学会

在平庸之中掺入一些虚幻的面碱
却又无法掌握它们的分量
直到那群孩子快速地
消失在小路的尽头

春　联

六十甲子总是旧的
春风把家门无限叠加
朱红早已成为词语的一部分
用不同的名称警示众生
在老井的架子上贴"井泉大吉"
在磨盘上贴"时来运转"
在马棚的木梁上贴"六畜平安"
在谷仓上贴"五谷丰登"
每一次都把"万象更新"
留到最后
却找不到一个合适的位置

且做樵夫

田野里的春风传着口令
藏在其中的爆竹声
有了砍斫万物的能力

盛大的云朵像走散的羊群
徘徊在无名的小路上
它们是孤独的补丁

我一脚门里一脚门外
那些尚未扎进手指的小刺儿
带来新鲜之痛

吆 喝

正月初八
满街都是鞭炮的红纸屑
满街都是欢喜的小清醒
黎明深处
店家的幌子又多了几分机巧
偏偏
那空落落的鞭炮声
伴着几声苍老的吆喝声
从远处传来
"豆腐、豆腐……"
偶尔的停歇
似乎将这个尘世都经历了
春风懵懂
恨不得
将这一切
吹成旧时的光景

戊戌年酉月

满目故乡不成望六记

来处皆莫辨，
去后总分明。

　　我的故乡有两种屋顶，一种是泥草平顶，一种是红瓦坡顶。远远望去，会看到两个并存的世界，泥草平顶被阔远的田野框定，红瓦坡顶被高大的树木框定。

　　我在一个闷热的傍晚止步，泥草平顶越来越少，红瓦坡顶越来越多，一个时代取代了另一个时代，而我却越来越怀念泥草平顶，怀念那些漏雨之夜，无尽的嘀嗒声一直响在耳旁。

　　有些时候，田野空旷，让我早早知道了人世的肃穆庄严；树木枯荣，让我早早知道了人世的"无所定"。在宇宙的无限序列中，它们有着似曾相识的一部分。

早春图

总是不解雨声里的绿意
在这被反复耕种的大地
柳枝轻曳
恍若异己

五月将尽
一缕炊烟带着尘世的重量
眺望着
起伏的田埂

别再讨论什么虚无
那一霎
我在泥土里
已经发芽

灵魂之雨

这不是暴雨的景象
而是暴雨的本身
我奋力的奔跑
只为追赶曾经的自己
雷声伏于某处
仿佛冷不丁的一声断喝

大地与天空一刹那连通起来
世界只剩下一身之地
雨水交织，时间骤停
一个污浊的肉身
深深地陷入泥泞之中
突然记起早时写的两句诗来
"何须动用慈悲意
忘我便能一身轻"

我缓缓地闭上眼睛
任凭雨水冲刷
远处的屋顶从来就不是一个地点

而是永远无法触及的幻象
人世间的清凉
皆聚于此

我从未如此安静
像一个葫芦
倒吊在藤蔓上
悬而未解
像一粒尘埃
在射入老宅的一束阳光中
澄而未明

反复的梦

在梦与现实之间劈开一道裂缝
却难以复原

庄子的蝴蝶忽左忽右
若得一枝栖身便是清欢

很多野花在开，很多野花在落
晚风吹不动披着夜色的花瓣

虫子爬上翠嫩的叶片
大快朵颐后安然入眠

野草脱下青色的道袍
穿上了薄薄的云烟

庄稼拔节的声音把村庄淹没
月光下的田野别有一种森严

一个数星星的少年独坐在田埂上

将这万物的脐带狠狠地扯断

我一下子惊醒，窗外的池塘
倒映着缓缓升起的炊烟

"它们也是我在另一个梦中投射的影子"
我随口说出这个恼人的发现

一场欢聚

火星子飞舞
那是虚幻在寂灭之前的重复
却又无比真实
我们围着篝火载歌载舞
像一群困在乌托邦里的飞蛾
享受着瞬间的盲目
回声在群山之间
送来历史的空无
突然想起离乡前
那一夜的踌躇
我在破旧的报纸上写道：
"蛾舞灯前知夏苦
却无华年换彩衣"
此刻，花瓣在山野里飘浮
我们都不需要观众
晚风久久吹拂
那本弃于暗处的
寂静之书

赴　死

远树迷蒙
瓢虫背着星空
我目送着
缓慢前行的羊群
这熟悉的场景
在通往一场盛宴的途中
它们执尽世间之象
却不曾为此发出哀声
唯有在脸谱里怒目圆睁
有一天，打动我的
不再是障眼法，不再是生死
而是那些一直在旷野中
轻轻摇动的草芥

古老的仪式

一排电线杆

穿过纵横的阡陌与坡起的屋顶

几只山羊

在远处啃着树皮

一盏哀而不伤的灯笼

在极弱的灯晕里

把它们联系起来

却似乎

隔了许多年景

渐渐

下起雪来

人声、畜声也沉寂下去

只听见两三声爆竹

响在来时的路上

丁酉年寅月

天涯来路八记

不识人间孤单色，
悄然无息路上霜。

　　车窗外的景物一闪而过，总有一饮而尽的快感。彼此也会问一句："下一站究竟在哪里？"上车之前的画面是静止的、缓慢的，我能置身其中；而上车之后的画面是运动的、快速的，我只能置身其外，这徒增痛苦。但多年之后，我掸一掸身上的尘土，是否可以从容地道一句："离别亦是良药。"
　　火车是一种孤独的符号，它在每个站点响起号角，却带不走任何回响，在不断重复的旅途中，逐渐失去了意义。候车室里，旅客们默默地坐着，他们面无表情，眼神空洞，手里都拿着一部闪着幽光的手机，像等待搬运的雕像。火车继续它的旅程，似乎忘记了他们的存在。

念头火车

一个破旧的火车站
隐藏着某种不可言说的乡愁
钟楼上的指针
走向陌生的时刻
钟声连着雨声
敲丢了应有的"附近"

一列老式蒸汽火车缓缓驶来
发出久违的吼声
我进入车厢
主动与两边的旅客打招呼
他们却对我视而不见
我走向车厢的另一端
试图问一下：终点站在哪里
但每走一步
车厢便延伸一步

火车穿越在无尽的田野和炊烟中
窗外的景色变换着四季

既真实又虚幻
我找不到列车员
甚至找不到任何标志或指示
没有什么能够确定火车的目的地

我仿佛在某一种速度中暂住
那些面无表情的旅客
正是这一分一秒中流逝的我
数不清的名字、图形、废墟蜂拥而来
火车又回到了那个破旧的火车站
空荡荡的站台，黑暗中交错的铁轨
恰似游戏里刚刚打开的场景
钟楼上的指针
仍旧停留在原来的位置

抵制怀念

层层落叶掩埋了归路
另一个世界的迁徙刚刚开始

我需要的
不再是一个充满精确感的目的地

深夜的车厢是穿透内心的长箫
晦涩的野花在地平线上轻轻攒动

蜻蜓的复眼里住着一个素未谋面的人
滚烫的泪水锈蚀了岁月的铁笼

如果能在站台上及时转身
所有起点都将是一个错误

如果还能真实地活着
我将在心中种下深深的孤独

启 示

涌入车窗的景色
如同一剂特效药
泪水在笑脸上流淌
我们深陷在座椅之中
却发现了
一个新的旅程

相遇
永远是一个伪命题，此时
我已不是我，你已不是你
我们用婴儿的眼睛
看火车如何在岔路面前
摆脱自己

两条铁轨像不断消逝的地平线
一条忧伤
一条喜悦
在遗忘中穿行
并把我们送回
大地的眼中

瞬间之钥

被风吹动的书页
像陌生的旅途
一闪而过的车站
一闪而过的树冠
是摆脱自我后的真实
人生仓促
来不及修饰
世事无常
来不及思索
脑后仿佛有一个
巨大的屏幕
种种经历都将在此
慢放一遍
我是一个愚昧的行者
深陷在自我的注视中

老火车

偏偏喜欢它在平原上的声声长鸣
偏偏喜欢它那咣当咣当的节奏

偏偏喜欢它缓缓进站的那几分钟
偏偏喜欢它戛然而止的晃动

这种喜欢近乎偏执
在这清晨，在这无人的小站

偏偏喜欢它戛然而止的晃动
偏偏喜欢它缓缓进站的那几分钟

偏偏喜欢它那咣当咣当的节奏
偏偏喜欢它在平原上的声声长鸣

卧 铺

从深夜一直到黎明
那个黑色
又狭长的隧道
向前无限伸展着
我本能地
想记住点什么
可是
它突然一晃
又消失了

有那么一个行程

阳光从铁轨的尽头照射过来
莫名的深邃
一列绿皮火车呼啸而过
一声长鸣便是天涯
两侧的白杨树
以短暂的奔跑换下所有站点
隔着许多模糊的背影
梳理着过天飞云

阳光从铁轨的尽头照射过来
莫名的深邃
一列绿皮火车呼啸而过
载着不同时间里的我
有时
会开到它自己的前面
有时
会一直开向那个淳朴的年代

消失的铁马

火车的轰鸣声
藏着从未尝试过的呐喊
一声大过一声
却没有人能够听见
黑夜让它与我无限地接近
直至我感觉不到遥远
在时间的迷宫里
越来越陌生的喧嚣敲打出无用的鼓点
它抛却了
起始站与终点站
甚至抛却了自己
只是一路向前

穿入明宋的关隘
到达隋唐的宫殿
过两晋的竹林
至风沙莽莽的秦汉
从商周的隧道
到达女娲的炼石场与伏羲的八卦山

最后回到万物自喜的《山海经》里
它冒着一个行者假设的孤烟
像巨大的火柴
摩擦着每一个虚无的夜晚
有那么一天，我所经历的
都将成为后来者安静的瞬间

　　　　　戊戌年午月

花开有声七章

惺然一响是真趣，
陌上花开号无名。

　　故乡的野花有清疏之气，虽开在杂草之中，但可以摇曳整个旷野；那小小的花苞打开之际，也可以惊天动地。我挎着柳筐，拿着铲刀，一边挖野菜，一边给这些野花起绰号，我要描述的不是它们的热烈，而是热烈之中的"猝然之静"，这足以让广袤无垠的田野变得模糊，这足以让一颗浮躁的心变得沉潜。有一种花，至今叫不上名字，只记得花瓣上爬满蚂蚁，我叫它"暂停键"，人世悠长，似乎被它们所羁绊。

盲 区

蓝色的喇叭花开在黄昏
却不见摘花之人
那时
我还是个孩子
听不到它的声音

红色的凤仙花被捣碎
用绿叶包在指甲上
那时
我还是个孩子
看不到它的鲜艳

高高的门槛

锅边贴的玉米饼
以极其缓慢的速度
掉在土豆汤里
我坐在门槛上
微闭着眼
不听而听
虫声嘹亮的田野
以及开满鲜花的小路
在一个修饰词里
下着雨，下着雪
如此快速

暮野之河

泪眼里的晴空
莫知所从
我是你梦中的岸边人
一个远行客
柳絮点衣
一朵野花悄然盛开
散发着遗忘的味道
这一切皆是水中的须臾
青草晃动
漫不经心
背后的旷野却是另一种死

海　棠

我在梦中种下了另一棵海棠
是为了救下
门前那一棵真实的海棠
让四周的景象
安然地藏在它们的叠影里

终于等到那一天
它们结出同样的果子
仿佛翻墙的顽童
又仿佛古老的棺椁
在茂叶中生成

能代替的都已代替
不能代替的
正如它们在人间的酸涩
只有这样的时刻
我才不怀疑那个梦的虚幻

井栏花开

颤抖的花苞
提着井中的隐约之绳
顺着它可以直抵童年
井水的微澜
是对此生短暂的映照
水桶叮当作响
在训诫人间的一切
呼唤凝固在半空之中
露水在叶片上走动
它们试图改变
既定的行程

田野里的红瓦房

夹在课本里的秋叶
像时间的碎片
是谁从一粒种子里伸出头脚
蚂蚱纵身一跃带走世间辛酸
掷出的硬币
总有不确定的两面
直到有一个人
越过书桌上的分界线
在黑板上画满田野里的花瓣
阳光从窗口射下谜一样的图案
狭窄的过道里
一阵清风将心吹乱
地上的影子是寂静的公式
青春没有正确的答案

花开无名

一朵花
不在时间里开
它是春天的火焰

一朵花
长出寂静的耳朵
它是黑暗的血

一朵花
漂在倒影里
它是无橹之舟

丁酉年辰月

乡野忘情七录

西风荡岁月，
旷野出云烟。

十年如一日，仓促又令人回味，且混杂着些许感动，不忍之中，更觉生命沉重。人间事似乎也看淡了许多，唯故乡时时牵动我心。

恍惚中，一个小孩站在院门口，口中念念有词："晌午晌午歪歪，东歪西歪，晌午歪……"他手中的蛹竟然左右摇起头来，围观的小朋友，欢呼雀跃。他们的乐趣，在于找到并验证了一种新的时间与方向，看似同步而又不同步，那个蛹多像现在的我，熟悉而又陌生。

放眼望去，旷野里的田垄皆是无字天书，一个游子跪在萧瑟的秋风中，不知而知，不识而识。我仿佛又听到一群孩子在大声念诵："晌午晌午歪歪，东歪西歪，晌午歪……"

隐隐觉得有一股力量加持着我，有一个十字坐标固定着我，不停不休。

未知的田野

这里有我埋下的种子
与先人的尸骨
这里有一条更短的
回首已是中年的路

那个背着绿书包的懵懂少年
那匹戴着笼头的枣红马
那群漫不经心的大白鹅
那只"气鼓"的青蛙

在无声无息的雨水中
替我拖住一去不返的时光
替我走过万物的苦旅
只为玉米叶奏响崭新的乐章

虫声自喜
为每一个迷失的我而歌唱
这是乡间独有的热闹
更是一种天意的回响

田野在夕光中无比苍茫
它是永久的谜团
我不能参与其中
又不能袖手旁观

村 居

北风呼啸
拉长了乡夜

午后光影
移动着庭院

这是两种能在平行中相交的情景
像两张宣纸叠压在案头

旅行者

有一扇门轻轻开合
每一步，每一个月亮
都在古老的迷宫中

婴儿的夜啼仿佛隔世
在虚无的长廊里回响
却有一份凛然

那一夜，秋风吹来深深的异己感
树影斑驳，像古老的文字
一片落叶掏空了黑暗

林中离绪

在冬日的清晨
薄雾笼罩着树与树之间的距离
遥不可知的某处
从寂静的林间消失
那个曾经的我，那个迷路人
拿出一个极其敏感的指南针
要归还山水的来去
要归还世上最远的行程

在乡村的某条小路上

一群绵羊走过来

眼眸清澈如谜

一群绵羊走过来

仿佛嚼着咒语

春风依旧

无穷的寂寞与偶然

即将

被反刍

时光驱赶着它们

晴川历历

应是

咩咩之声

打　谷

那些撕掉的老皇历
像扬起的谷粒
在天空中与自己脱离
温热依旧的石磙子
一圈又一圈，一年又一年
桌上的小米饭与鸡蛋酱还冒着热气
只是有些人
再也回不去

剩下的日子

乡村的夜晚
一声犬吠已无再咬之人
柴草在灶坑里化为灰烬
每晚
都在与寂静斗争

父母仍然生活在这里
梦里会把想说又不能说的
都要念叨一遍
每晚
都在与过去对话

当慢吞吞的灶火又燎向锅沿
岁月倏忽
柴火噼啪
他们却默不作声
像两个勇敢的观众

辛丑年腊月

无方之马五篇

三声马嘶知岁月，
两句乡音是家乡。

小时候，我和许多动物对视过，狗眼温朴，鸡眼敏锐，牛眼坚定……唯有马眼热烈，直抵内心。那是一个夏日傍晚，我把自己打扮成孙悟空，潜入马厩，心里默念着"定"字，它真的一动不动了，在它巨大的眼球上，我看到了另一个我。那时，似乎有很多话要说，但是忍住了，我怕惊动了它。

多年后，我在梦中又见到它，同样的场景，我从耳朵里掏出金箍棒，大喊一声"变"，它抬起头，一直看着我，仿佛不忍拆穿我，又仿佛在问："金箍棒为什么不放在鼻孔里？为什么不放在舌头底下？"那巨大的马头，恰似精妙的字符，却甘愿在黑暗中做个喻体，这让我难当其重。

冬日牧马

马舌头将田野舔遍
没有尽头的缰绳系着阵阵疼痛

寂静变得脆弱
吹在背上的寒风带来彻骨的空

热气腾腾的马尿把旷野浇醒
再长的岁月也抵不过一片云彩的投影

干净的马粪藏着野草的一生
童年像根蜡烛闪烁不定

村庄是它的另一个胃
马蹄窝是它的另一只眼睛

马尾巴扫动的声响
隐藏着万物的行踪

寂静之本

撒在车后的谷草
留下了土路存在的证据

母马纯净的眼眸
陷入山野的空旷

你挨着我躺下
忽然眼角有了热泪

渐渐地，呼吸与周围融为一体
仿佛逃脱了时间的束缚

我继续玩手影
秋风拍门

一匹老马带着一匹小马在墙上跑
跑入更深的寂静

意 外

我从马脖子上滑下来
第一次
以这么低的视角看世界
野草那么茂密
蚂蚁那么忙碌
我们在马的鼻息里再次巧遇
享受着短暂的欢愉
松声不寒
鸟声不喧
叶声不愤
溪声不远
人世的苦闷也显得格外别致
当马蹄高高抬起
我一下子就看到了
那块锈死的马蹄铁

另一种齐物

它们的眼睛

映照着大地的沉默，与

天空的深邃

我会记住

这些眼神

熟悉而又陌生

在旷野中

在某一世

它们一步一步

向我走来

它们一步一步

向我逼近

集体审视着我

像亿万年前

投来的星光

视我如草芥

它们的影子一直延伸

像搭在世间的一座座桥

以马为师

需要一个超然物外的时刻
让每一缕月光洒在它的脊背上

才可以听到每一声响鼻
都是对存在的反问

旷野入马蹄不要紧，踏雪轻不响不要紧
能做自带铜声的游子，足矣

纵使，搅动混沌的长鞭
仍然悬在空中

纵使，一双欲哭无泪的眼睛
仍然悬在夜里

庚辰年申月

虫声无解七颂

鼓击心底静，
自在是虫声。

　　虫声阵阵，是风雨之声，更是一场超越时空的对话。对于一个游子来说，无法破译。它们不是为了出世，也不是为了入世，而是召集了草木中的金气，催人兴起。虫声不须凭借与假托，先于语言，先于仪式，却又有幽深的思辨，给众生安了一颗天籁之心。我独坐在田埂上，各路飞虫过眼，声声响彻耳底，似他年之鼓，把世间万物都连接起来了，胜却人语。

虫声交响

青纱帐翻涌
仿佛戏台上的大旗摇滚

虫儿飞于其间
各得其声

蟋蟀有孤寂声
蚱蜢有急切声
蝼蛄有警醒声

蟋蟀的长调
如一只无形之手
在心上抓挠

蚱蜢飞过
不闻鼓声
却有鼓声

最怕蝼蛄

哪怕孤身而来
亦有浩荡

小时候
总觉得它们在喊"杀，杀，杀"

所以见到一定要问斩
先斩手脚，再斩头颅
却忘了给它们安一个"莫须有"的罪名

野蜂之舞

一只野蜂围着我
我体内有儿时的花朵
一只野蜂围着我
它在勾勒另一个我
嗡鸣之声
正在给时间一点一点地染上颜色

它的颤抖大于悲悯
大于那些徒劳的肉身
我在等待
等它把蜂针
深深地插入
还我痛入中年的一吻

我在等待
等山头攒够了云雾
便随它
撞入来时的小路
消失在无尽的叶落中，与
无尽的不归处

多　想

走在故乡的小路上
多想迷一次路
童年被一顶蒲公英抬走
这一次我没有哭

走在故乡的小路上
多想迷一次路
此起彼伏的虫鸣
竟成了相送的锣鼓

景外之景

一个人在乡村的小路上
待了好久
还是无法记起
那个清澈的眼眸
还是无法找到
那个"桃花源"的入口
旷野合围
虫声像紧箍咒
夹道而列的白杨
有说不尽的人世悠悠
微茫的树梢
抽打着似近还远的村口
树荫缓缓移动
它们的尽头
是一段被取走去处的炊烟
更是一个少年强说的忧愁

那个夜晚

唯有在荒野之中
才可看见星斗的巨大与璀璨

唯有重新回到来时的路上
才可知道虫声本是一场与空虚的对抗

唯有驱动一个又一个季节
才可懂得它们从未真实地活过

唯有成为自己的囚徒
才可明白时间让它们有了斗士的模样

空城计

在小路的尽头
月光顺着枝条与草茎
走到城楼之上
舞动它巨大的水袖
用尽一个个幻象
给万物涂上慈悲之色

山野里
总有一些难以言说的虫鸣
保持着原始的腔调
总有一阵倏然而逝的清风
在彩旗上打着寒颤
夜色奔涌

辘轳、磨盘、马厩、栅栏、烟囱……
结成千军万马
在高阔的夜空下
在空无一人的山野里
那么清晰
清晰得让人无法辨认

独　白

淡淡的月光给万物裱上了一层薄纸
朴素、安详
蟋蟀的独奏在无法确定的地方
悠远、空旷

它们拨动了某些遥远的东西
只要加入一点儿孤寂就能在心头翻涌
它们可以是那些被遗忘的夜晚
也可以是那些无意中被提起的灯笼

听蟋蟀就是听自己
此曲虽不成
却胜过任何琴瑟箫笛
声声逼来。送罢行人又送秋景

一匹白马
立在田埂上
轻轻地甩动尾巴
眼中露出清冷的哀伤

己亥年巳月

一枝飞渡七篇

秋风来扫院，
故人拄帚立。

树，无法选择自己的安身之所，一辈子只能立在一个地方，行处是固定的，时节是固定的，遇到的因缘也是固定的。

摆动的枝叶是它一时"兴"起，像两个孩子的对话，一方说"啊"，对方也说"啊"，似乎什么也没有说，却意会了一切，把那些人生的大义也包括进去了。

移动的树影亦是它自己的扫帚，苍然满地却不见其力，将自己行止于山野、篱笆、池塘、小路、红瓦之上，皆是一种无意的警醒，这虚幻中仅留的真切，仿佛要扫尽世间之景，扫尽那些朽在岁月里的落叶。

大静即大动，大动即大静。它们用自己的方式解构了这个世界，用无法摆脱的禁锢求三分活泼，我们却用一生的奔波求一刻的安宁！

枝枝逐景

在故乡
一棵树可以借根须而行
可以借雨而行
可以借雪而行
可以借风而行
也可以借久远的凝望而行
在被尘烟熏黑的岁月里
它踽踽独行
仿佛为了追赶
一个客死他乡的人

一枝难尽

窗外。一枝横渡
它在夜色中书写着孤绝
蘸着余晖的血
劝说着天地、万物、自己
与一闪而过的倦鸟
构建了一个时间的巢
一个念头
在巢里将嘴巴张到最大
一个路过的诗人苦吟道：
"人世未有安稳地
欲与黄叶返枝头"

镜中枝动

花枝轻轻地颤抖

仿佛要分辨这黑夜

月亮挂在窗前

清辉如仪

我们聚在一起

恍若站在镜中

彼此聆听

茶叶浮上来

又潜下去

它们留不住时光

却在重逢中找到了通道

枝上无限

几根松枝

擎着寂静

伸到思绪之外

摆动的路线

即是一幅中国画

暮色与飞雪

两种颜色相互洇染

几根松枝

擎着寂静

在格子窗前

凭借一场大雾

进入了时间的最高处

也第一次

看清了自己

借雪折枝

一枯枝折断
满树的积雪
应声簌簌而落
象形之字在空中闪现
裹住了所有瞬间
顿时
让整个树林
有了不可捉摸的方向
在一本书的空白页上
我默默写下：
"动时落地皆不见
静处万片在眼前"

暮色满枝

山谷里传来各种虫鸣
那些尝试过的隐喻
让人心生悔意
灰蒙蒙的天空
在枯枝间晃动
我像一个木偶
被时间的线牵着
群山起伏
人世渺小
那些久久悬挂于山林深处的松果
在黄昏中
无声地坠落

雪落空枝

我在河边寂坐
结冰的河水如释重负

飞雪穿过枯枝，妄念即生
枝间深邃令人退却

那暗暗的光影
照着午后的空寂

那彼此的参照
带来莫名的伤感

它们将奔赴何处
寂静里充满了不可知的窸窣之声

丙申年戌月

二更鼓

我戴着面具
踩着高跷
我哭
但听不到自己的哭声
甚至感觉不到悲伤
爬山虎卷须里的去意
被涌入的月光统统丢在一边
如今，我已经准备好
人世的鼓槌
把童年击碎
把空虚笼罩于你

偶然之上七章

人情冷暖且相忘，
留得玄机与君求。

　　炊烟是农家与天地对话的缩影，纵有无限往事，也容得下。它从童年悠悠地升到中年，越来越浓烈，这分明是世间的烟火之气，却偏偏有着不可说的缥缈。那些微小的尘埃，隐藏了自己应有的样子，身不由己地聚在一起。适逢春日，万物勃发，每一缕炊烟皆是新我，在最令人心疼的地方，突然绽放。
　　现实与梦境之间有个交界点，是由无数个选择与偶然共同构造的，像那些冉冉升起的炊烟，在八风中，保持着不确定的形状；在游子的心中，承受着时间的流转、生命的脆弱和人世的变迁；在无尽的思念里，成为"本无"的图腾。

惯　性

还记得二十年前那个清晨
炊烟孤起
随风而喜
乡路空无一人
我背着行李朝车站走去
时间总是比计划的要晚一点儿
我匆匆赶路
目标虚妄
也不知浪费了多少美好人生
作为在一个短暂行程里冒出来的陌生人
多么希望背后有人叫我
然后，像那些迷路的人一样
猛然转过身去

观　众

有一个剧院叫"无目之眼"
我每晚都会
穿过炊烟四起的村庄
来到这个剧院
按照要求
戴上了一副厚重的眼镜

有一天。剧院宣布
将有一场特殊的表演
据说能让所有人见到"真实之光"
我也被这个消息深深吸引
那天晚上，我们都摘下了眼镜
当灯光亮起的那一刻
我惊讶地发现
舞台上竟空无一人
我四处张望，只见所有观众都在欢呼
仿佛真的看到了什么

从此，我再也没有去过那个剧场

那个真实的场景
却每晚都会出现在我的梦中
那一刻的"本能惊讶"与"机械意识"
正在一点点消逝，为了遗忘
也许，这是必不可少的

思乡曲

故乡
总在炊烟的鳞爪间
一排篱笆
围着旧时的风雨

故乡
总在被喝住的黄牛眼内
一条缰绳
牵动着天边的余晖

故乡
总在炝锅时的一声猝响里
一瓢井水
荡漾着恬淡的笑意

故乡
总在预留的门缝之中
不知来向的光
在地上交织着无尽无穷

游　心

空巷

花开

没有过程

仿佛在老家的田野里

在清扬的炊烟里

这胜过

人间所有的热闹

细雨似醍醐

被打落的花瓣

带走附近

不可解脱的光景

冬 草

远处的村庄炊烟袅袅

飞向黑色树林的麻雀

更显飘忽

我头顶白雪

独自眺望小径的尽头

当落晖肃杀四野

羊群西去

我裸露于世的身体

就会被掳走

连同那辗转的风声与疾苦

独　行

天色已晚
炊烟却久久不肯散去
我从雪野深处回来
柴门随风砰响
正在给此起彼伏的犬吠伴奏
这是怎样的一种交集啊
茫远而切近
奄奄一息的十一月啊
一场大雪仍在
无穷的黑暗里纷飞
我放慢脚步，放慢脚步
我要低于
这里的一切

老地方

我还是要回到那个地方
树叶从枝头，逆着时间
跃入不可测的空中
车辙盛满浑浊的雨水
我没有办法在黑暗中停下
也许
我会埋没在旅途之中
只为剧本里的一句承诺
即使我的身后
什么也没有留下

我还是要回到那个地方
旷野里
秋风藏劲
炊烟是自由的
更是身不由己的
一辆老式吉普车
正在越过
自己在后视镜中的形象

那一瞬

它不属于

任何人

丁亥年寅月

雪意凌衣十章

灯著片雪，
孤独识得。
千片万片，
一霎照彻。

　　故乡，一场纷纷扬扬的大雪，内里透出
一股冲淡之气。我在打谷场上模仿林冲，手
拿玉米秆，枪头与红缨皆须想象，而想象大
于景象，景象大于思想。书上的台词我大致
忘了八九，随性吼了几句。如果对了，是幸
运；如果错了，也是天意。多年后，我们相
逢一笑泯恩仇。那里，雪意凌衣，总有时光
的响亮。

　　雪落在一个人的一生里，一年一年地叠
加，会藏住很多东西，曾经通往田野的大路、
小路不见了，曾经喧闹的村庄不见了，只剩
下耀眼的无垠，只剩下雾凇的幻境。林带一

痕，身如草籽。

　　今天，我站在交织的雪色中，死死地盯着一个东西，却不告诉你它是什么。雪花落下，否定了一切。

夜深听雪话

大雪纷飞
似在交谈
却不知以什么名义
一念一念闪在空中
仿佛在寻找什么
村庄只剩下门口的大红灯笼
与院内的一行脚印
它们借缘而来
像裹着柳絮的鼓槌
砸向
苍茫的夜色
砸向
我们的鼓面

何物踏雪泥

雪地上
指爪之印有序地排布着
更似琴弦被抚动之前
黑色的树影落在上面
好长
好安静
在这明媚的春天里
我会嫌弃
它们的简单
却不会嫌弃
它们的虚情假意

雪落南山外

黄昏的雪

极其缓慢

仿佛要躲开所有的方向

躲开所有的时间

一担枯柴

一行脚印

通往山顶的小路

没有来

没有去

只有无法叫醒的梦境

笼罩着

远山空寂的轮廓

依样画行踪

田垄上的积雪
孩子们的脚印
这是今生今世最干净的画卷
突然发现
这些脚印
像母亲当年在旧报纸上画的
鞋样子
唯一不同的是
它
没有发黄的故事
没有涂改的痕迹

雪心岁月轻

在一个没有日期的清晨
我脱下手套
向这个偶然的生灵致敬
它站在立春的深邃里
仿佛被我无意间
安了一颗火热的心
那一刹那
它身体上的一截枯枝
突然
获得了一丝感念与慈悲

别处雪如刀

异乡的雪花
静静地
在空灵中露出刀锋
也许
它们的招式
我无从应对
它们的来处
我一无所知
在这寒冷的夜晚
在这人潮汹涌的火车站
任凭它们
劈向我麻木而疲倦的肉身

雪寂谁为旅

雪地上
没有任何痕迹
像一张白纸平整地展开
"安静"深陷其中
也许
这是我见过的
最远的旅程
它没有目的地
它的目的地
只是离开这里

穿庭觅归处

飞雪扑面
带着光阴的味道
我多想给它们留一块空地
放几处置石
植几棵青松
并独坐于此
等它们一点一点地侵占
等它们打开每一处寂静
在那遥远的栖身处
一片片雪花
擦掉了人世多余的部分
一片片雪花
照亮了虚掩的家门

皆是夜归人

雪地里。咯吱咯吱的脚步声
带来远方的密语

每一步都在打开一扇寂静的门
迷惑着后来者

一只乌鸦飞过
迎着寒星漫长的刀光

枯枝发出清脆的尖叫
这孤独之重让它如何承当

拥门待雪时

炊烟在飞雪中急促地变幻着
门前小路
扫帚的痕迹多么清晰
爆竹腾空而起
总有想见而不能见的人
雪花钻入衣领
身体不由一颤
是它
让我认清故乡
认清自己
是它
每一年都要跨过遥远的距离
死在我的怀里

戊戌年丑月

我本孤独八章

水中光景多变幻，
一石飞过寂无穷。

　　每当心烦气躁之时，我喜欢一个人去河边"打水漂"，将石头与水面平行且微微向上，横掠出去，看它一连串地在水面上跳跃而去，仿佛那颗心也有了凌波之意。这是认识孤独的最好方式。一块飞翔的石头，是过去，也是将来，只为与现在的波浪较量一下深浅。往往随手一掷，就在形影之外了。连击与水花已不重要，把持手中之石的欲飞之势，才是根本。一个少年，背对青天，不知有多少次，把这欲飞之势，化为诗酒，化为凌云志，化为一天风雨。

明 觉

我端坐在岸边
水面荡漾着一丝明觉
临近傍晚之时
池塘仿佛真的干了
垂钓者对着乱跳的鱼群说："为了本相
为了慈悲
你们要学会厌世。"
我双目微闭
霞光中
路过的僧人
像佛龛深处的供果
他们离我那么近
近得
能清晰地看见
手中的枯枝
是假的
围拢过来的庙宇
是假的
就连心中那份仅存的孤独
也是假的

感　召

用小石块击水
让水面荡出想要的涟漪
然后
安静地等待它
恢复原貌
如此
反复
它占据了
所有能看到的画面
如此
反复
有一个来自童年的老友
正悄悄地站在身后

高于人世

窗外的高粱

在夜里最孤寂的时候

它高于屋顶

窗外的高粱

在我离开这个村庄的时候

它高于人世

某些时候

它甚至

高于我虚度的光阴

多年以后

留在高粱头上的那一丝晨光

多么微弱

又多么强烈

围　城

我把影子投向你
你把影子投向我
我们建造了一座影子之城
把一个庞然大物
困在一纸盟约之中
在我们面前
还有一条通向自己的道路
这是被忽略的
也是最被渴望的

向日葵

感谢晨雾把我笼罩
感谢晨雾把时间拉长
感谢晨雾把我从现实之中剥离
感谢晨雾给我梦境
在这被遗忘的时刻
空气中弥漫着自省

感谢自己
感谢头上的花冠
从未
像此刻这么散淡
从未
像此刻这么自爱自怜

秘　方

当内心
敏感度开始下降之时
当认清了某些事物
又无能为力之时
请服用时间胶囊
主要成分：
空院子里的扫帚芯（故乡的、熟）五钱
有市井温度的眼泪（难以抑制的）半斤
某个夜晚的露水（月光普照过的）半斤
被你贪恋的器物名单（制灰）二分
制法：煎熬
用法：以孤独为引，在夜深人静时服下

麻　雀

它们像中国画里的墨

散为一色

聚为一色

或落在杨树枝头

或落在黑色的电线之上

总有无穷的境地

在这个安静的黄昏

它们跃跃欲飞

终究没有飞去

而那些因它们而在的留白

却不翼而飞

我在心里也替它们试了又试

仿佛在时光中

悬了一支饱蘸浓墨的毛笔

任墨汁滴落

却无从下笔

蝉

我的体内有一个巨大的响板

悲悯之心已经无处安放

远处的枝条愈加苍翠

短暂的光阴

承接不住太多的慨叹

有一个调子

我用了半生也无法找到

露珠清亮

市井污浊

秋风过处

我压低左翅

在死寂来临之前

为人间

再热闹最后一回

己丑年酉月

归来留一饷六记

空身知何处，
岁月若拂痕。

　　无法阻止物象在时间的累积中崩塌，然而，溪水可以映见物象的本身。在一个人心性动摇之处，一波又一波荡漾过去，它们又被重构，在早已消失的溪岸里。

　　波光藏着青天白云破碎后的底色，自有一种浩然之意，仿佛大自然把心爱的东西投进去，却要用无穷的岁月去观照。每当，我从旷野深处归来；每当，我从羊肠小道归来；每当，我从炊烟起处归来，远远地望着它，心中便有不尽的明镜与澄澈。那一刻，我不在乎任何形式。

穿　越

我跑在
1986年那条充满野草香的小路上
趁飞来的泥丸还没有到达
将鸟儿置身于一个不能确定的位置
来吧
给脏掉的白球鞋
擦点虚荣的粉笔灰
来吧
给白杨竖起的手指
放几个抽象的鸟巢

我跑在
1986年那条充满野草香的小路上
赶在父亲的爱犬未死之前，听一听
它在万籁俱寂的乡夜里空落落的叫声
来吧
把世间的苦涩夹在大饼子里
蘸一下新酿的豆酱
来吧

把金色的玉米从岁月里扒出来
挂在屋檐下

我跑在
1986 年那条充满野草香的小路上
抢在迷路之前
遇见开满鲜花的田野
来吧
用心做一面彩色的旗帜
试一试人间的风雨
来吧
在眼镜片上哈口热气
画一扇古老的大门

我一直跑在
1986 年那条充满野草香的小路上
我追赶着不一样的自己
我一直跑在
1986 年那条充满野草香的小路上
我被另一个自己所追赶
我一直跑在
1986 年那条充满野草香的小路上
微风有些柔软
微风有些疲倦

自画像

旷野里只有两棵树
其他的
看不清
或有选择地忘记了
一列火车经过
两棵树的枝杈
同时
指向无尽的空旷
一只麻雀
依旧
从这棵树飞到那棵树
又从那棵树飞到这棵树

乡村诗人

一只蜘蛛在虚空中徐徐而行

万物毫无防备

它不停地在肚子里纺线

竭尽全力

抛出游丝

捕获更远的某个地方

直到自己的心被抽空

任凭秋日从网中

静静飞逝

它在亲人的脸上结了一张网

它在回家的路上结了一张网

它在池塘边结了一张网

它甚至爬到种子里，结了一张巨大的网

一张网就是它活着的证据

它用一生的时间去否定自己

去虚构自己

只有这样

它才能结出一张更加真实的网

溪上得一图

桥头的石狮子
怒目远方
枝头的黄鸟
扑棱着翅膀
它们倒映在
清澈如省的春水中
那么无助
太阳敲起缤纷的鼓
一条鲤鱼且游且住
安静地穿过这朝圣者的
草图

回乡偶书

我站在辽阔的田野上
仿佛拥有了远方
那一垄一垄青翠
把时间都交给了遗忘
我只是一个路人
背着沉重的行囊

潜在梦中的瓢虫
锈在苍凉里的野花
困在黑暗里的蚯蚓
睡在假象里的青蛙
被当空的雁字从漫长的等待中
夺回逝去的年华

那烟色
那屋瓦
那若有若无的乡间小路
那低矮的篱笆
在它们无尽的境遇里

勾勒了一幅不可临摹的画

微风似叹息，隐约能听到
那来自童年的马嘶、虫鸣与麻雀的叽喳
微风似叹息，隐约能听到
母亲喊我回家
只见得
灶膛下
闪烁的火光
映红了她年轻的脸颊

生死书

父亲绕着那座孤坟
用枯枝在地上
划了一个圈
纸灰飞扬
我们身后似乎多了一条无名的山脉
一辈子都无法翻越
三十年了
我们仍未做好准备
在此痛哭一场
此时
天边传来悠远的钟声
比时间更加宏大
仿佛一抬头
就能望见苍茫的地平线

癸巳年卯月

涛声永逝六记

他日烟波寄钓叟，
从此不欠人间债。

关于大海，无法用细节描述，就像我的祖上一路闯关东来到这片黑土地，亦是无法用细节描述。他们把大海的苍茫带过来，化作波涛汹涌的青纱帐，这春种、夏长、秋收、冬藏的海，将潮水藏在节气里。而当我见到真正的大海时，第一感觉是，它与黑土平原一样，无边无际，不同之处是，一个浮沉于真实之上，一个穿行于虚构之间。

难为水

钟声入暮
浪花卷起众生的舌头
那个挖海蛎子的小男孩
一下子
就挖到了
缩到壳里的中年
这让人无法辨认
这让人无所适从
在清凉凉的时光里
潮水带着倦意
生活也腥腥的
软软的
很像一种
假借

同一味

这就是我
此时此地此身的
参照物
当虚妄的浪花
溅到我的脸上
顿觉它们的速度并没有转慢
而是
从多年前
快速袭来
带着熟悉的苦味

寄余生

四月将尽
苍茫的大海
带走了一个中年汉子仅有的高蹈
那一刻
它耽于寂寥
那一刻
它离菩萨只有三尺
是的
应该更近一些
但红漆大门要剥落些
滚烫的桃花要落满台阶
是的
那些旗帜已发出猎猎的顿悟声
窗间的枯月
像借箭的草船
总有一个人站在船头
蘸着海水
在未知的墙壁上写诗

共此时

每一粒沙
都有不同的声音
余晖远映
更易听取
我埋下身躯
最怕与自己相遇
在无法预料的滩头
默默等待
等待那一行脚印
深陷其中
等待那无边的潮水
漫过头顶

吁浮沤

在浩大的梦里
积攒着风骨
等着从寂静中冒出
沙滩一片虚构
抹掉了最后一点儿痕迹

我舍身来到这个人世
众多的落日
放大了我
却容不得我的逼真
却容不得我的空无一物

也许
只为看一眼无法遏制的潮水
在犹豫的礁石间
混合着阴影
莫名地激荡

也许

只为看一眼泪流满面的你
哪怕再也听不见
你轻声呼唤的
那个熟悉的名字

在浪中

每一朵浪花
都是一个未开封的信

每一个波纹
都是时间的褶皱

每一滴海水
都是月光的眼泪

每一次涨潮
都是对未来的拥抱

每一次退潮
都是对过去的放手

每一次拍打
都是命运伸出的手掌

丙申年寅月

醉醒无处六篇

明朝归去无远近，

江湖梦醒静作灯。

人生一壶酒，难得醉中醒。人生酒一壶，难得醒中醉。我说的醉醒可以与酒无关，这像诗歌中的"兴"，兴起之后可以与主旨无关。

我喜欢《笑傲江湖》中的令狐冲，除了艳遇寥寥，奇遇倒是与他很是相似。江湖的热闹在酒中，故乡的宁静也在酒中。十年前，故乡是醒，江湖是醉，而今天，故乡是醉，江湖是醒。

一度想给自己改个名字，叫"醉醒子"，然后，一个人担风袖月，读山阅水，该有多么美好，可是"子"字太大了，我不能担受，索性罢了。

人　生

暮色中

几只飞蛾

拼命地撞向窗玻璃

那清脆、干净的声音

把我从嘈杂的酒桌上拉出来

众人的身影

悬挂在摇摆不定的柳枝上

像一种救赎

"那是自然界的朝拜者"

小赵说

"那是松绑后的死士"

老王说

我抬起头

透心的窗玻璃

正把塞满呓语的灯光

迷离地反照回来

一晃一晃的

对这透明的虚假

我又一次深信不疑

行　者

独卧于林中
青石板上有我的替身
时隐时现的光斑也带着醉意
我想
它一定是金色的
嘴上一定叼着蔷薇
真的不知道
我一定要杀金莲
也不知道身后
有一杆替天行道的大旗
清风徐徐
林间的小径属于"众无名"
沉重的呼吸
总是让我提前出场
绳索
棍棒
没人愿意知道它们深处的秘密

如闻犬吠

夜半犬吠
是捕到空虚后
发出的喝问
"忘，忘，忘……"
清澄响亮
如果它的舌头能够再向下一点儿
就会听到
"我，我，我……"
只有在这一夜才是
只有在这一夜才不是
黄犬坐在院门口
清风吹拂着它的皮毛
那一天月色
唯有此刻照见

苏 醒

醒醒吧
枯萎的荷叶与老白杨的倒影
醒醒吧
细雨中的青石阶与路边的白骨

醒醒吧
浸透悲凉的二胡与假寐的脸谱
醒醒吧
垮掉的一代与空掉的村庄

暮色如土
我轻轻地敲着棋子
仿佛刚从另一个梦中醒来
窗玻璃忽明忽暗，映着一扇红漆大门

天空笔迹

雨滴闪烁，掠过栅栏
又高高地飞过屋檐而去
在尘世的迢迢里
画出一条条没有方向的虚线
整个城市突然变得潦草

变幻的霓虹从远处映照过来
带着天空的苦味
耽于杯中之镜
镜子啊镜子，你这反复之物
竟然打开了那扇已经开了很久的大门

此刻
纷至沓来的脚步声藏着
众多的"是"与"否"
却终将被夜色的薄纸
揉成一团

唯一的安慰是

朗照于虚无之上的
大红灯笼
在细雨的批注里
高高挂起

别 情

我从小酒馆出来
灯火隔空相交
熟悉的街路突然消失
雨水从树叶上
缓缓滑落

那微弱的嘀嗒声
能真切地听到自己
整个
我能看到的
都将被它们带走

逆光之中
一只飞虫
正在帮我返回
我拥有过什么
真正拥有过什么

深夜的气味

多么熟悉
那些用孤独换取的
又将
被送到黑暗深处

辛卯年未月

断章余韵六录

闲鸦徐徐过，
影落石径前。

　　我喜欢不完整的东西，因为"不完整"，事物才不会被定格；因为"不完整"，事物的余韵才得以保留；因为"不完整"，事物才会生出人世的本色。若有飞霜漫天、红泥火炉、半杯浊茶、几句残诗，三五知己也定会肝胆相照，余下的，能否照见物我，就交给悠悠的冬日吧！

一

余晖中
一朵花
开着
经书上
不可救赎的白

二

午夜的犬吠
穿过
半掩的柴门
将梦与经验分开

三

我提着灯笼
走向烟雾笼罩的田野
小小的蜡烛
就是黑夜的心

四

黄叶
漂浮于路灯的虚构中
这危险的停顿
像儿时的皮影

五

每一步都沉重而缓慢
裤管上的苍耳
是山野的牙齿
是另一种乡愁

六

衣袖闪现
风轻过野
冰冷的河水
被刮去虚无的鳞片

戊子年寅月

闲愁碎念五记

座中谁是我，
琐碎即闲愁。

　　一家人坐在院子里搓玉米，欢笑声传出了很远。在玉米粒与手指的摩擦中，我找到了另一种存在感，它像一条洗心涤虑的金色之河，在手心里缓缓流过。时间久了，我发现，要在坚硬的玉米棒上打开一个缺口是最难的，又不得不借助工具，那是一个生了锈的铁锥子，在刺入玉米体内的一刹那，它已不是它。秋风吹拂，送来莫名的凉意。

遥远的清晨

一回头
发现这条小路一直在分岔
那些陌生人也在不同的岔路上
心照不宣地回过头去
无数只隐形的豹子
跟在我们身后
只露出真实的眼睛
却充满杀机
是什么安排了这一切
更多的悲悯
也藏在那儿
等着我们
在永不停歇的奔跑中
回头寻找

心　愿

请给我一个窝棚

请给我一片瓜地

请给我一方无垠的青纱帐

请给我一本发黄的武侠小说

请给我一个神秘的背影

请给我一颗懵懂的少年心

读　史

花盆中
向四面八方挣扎的花朵
镜子里
去年的我刚刚走到门旁

夏日绘

两位老者在柳树下对弈
一条狗在树荫里熟睡
一个孩童正蹑手蹑脚地去捉蝴蝶
假如他们从这幅画中
走出去
便可冒万物之名

万物志

世间万物
只有放大了看
才有意义
只有放慢了看
才能留在心里
但从万物本身来说
它们只是那几个字
投下的影子

壬辰年辰月

容身之地六偈

尝尽江湖味，
才知别意绝。

谷穗的舞台，热闹非凡，夕阳的光芒给
这一切罩上异彩。我带着黄狗从田埂上跑过
去，稻草人立在田野里，仿佛《红楼梦》中
的那块顽石，在人世历练一番后，在此拜别，
一身红色披风，一顶草帽。诗亦是跳脱后，
对大自然的无尽拜别。

铃铛劫

手腕上的铃铛与马脖子上的铃铛
有着同样坚硬的心

以取之不尽的假面
将滴血的匕首插入缓慢而短暂的夜

屋檐下的铃铛与花枝上的铃铛
有着同样烂掉的舌头

以取之不尽的假面
让虚构的飞鸟冲到光阴之外

突　围

一个人淹没在一望无际的高粱地里
密集的叶茎
排列出巨大的迷宫
我踩出一条小路
从它们中间穿过
有些时候
空旷可以让人无意地迷失
密集却可以让人有意地迷失
热闹的夏天
就匍匐在
瞬息万变的影子之间

壶中寄

我一生都在追寻
一个可以隐身的庭院
我一生都在追寻
一个可以缩写的凉亭
待我老了
打开行囊
在门与路之间
建一个巨大的影壁
把宇宙缓缓倒入风中
无声无息
像花影在墙上移动

回 应

我久久地坐在田埂上
孩子们在荒野上跑来跑去
互相呼喊着
这些话他们不一定懂
却乐此不疲
我看不出这场游戏玩的是什么
每个人靠着呼喊维持自己的存在
我的身影在草叶上虚无着
似乎并不存在
突然
我下意识地
对着他们用自己听不懂的语言
大喊了几声
除了腔调有点儿怪之外
仿佛还听到了他们的回应

素 描

望着覆着清雪的庭院
不忍留下脚印
稀疏的树影
爆竹的残屑
在微茫的晨光中
保持着
不可说的平等

分　身

一场细如蛛丝的秋雨
织在窗旁

一盏大红灯笼
不知替谁照着离绪与忧伤

柔软的枯枝
游历在池塘的倒映中

牛羊的蹄子
是枯草上的印章

灰喜鹊
是屋檐上倒挂的铃铛

虫子的毛笔
一直画到天亮

庚子年申月

三更鼓

身如旧鼓
情如新皮
只是在时光中暂寄
记忆本是一种蛊惑的鼓声
梦中的更夫
从新鲜的事物中
减去了可见的图像
快速而又决绝

落叶求牧九篇

草木本有香火气，
世人岂无珍重心。

枯叶纷飞，路旁的两排白杨是自己的扫帚，它们将四十年扫成一天。树干里满是青天，忽有一种高远萦怀，这多么像一场大梦，醒来时，记不起发生了什么，但悲伤还隐隐在心头。明明是为了见它而来，见了又不识，心中顿生惭愧，还不如与它远远相望，待四时轮替，如此便是静好。

又是一个秋日黄昏，我独自走在满是落叶的小路上。无意中看到，一片被踩碎的枯叶散落在脚印里，这与李商隐眼中的枯叶，这与王维眼中的枯叶，这与苏轼眼中的枯叶，这与故乡后院的枯叶，大小不尽相同，叠加在一起，仿佛唱戏时扔到地上的旌旗，而我一直活在它们多余的部分里，却不自知。

也许，在高高的树枝上，应该有一片与它相同的叶子，正等着一阵自证的清风。人常说，地上有的，天上都有与其相应的，这里的"天"，应是偷偷换掉的人心，应是万物的莫逆，应是我能够自省的一个标准吧！

鲜羁束

暗光闪动的溪水
审视着
岸边的枯叶
好似若干年前
我把午后的乱云
描述为地图
其实
从微眇的枯枝到赤裸的草茎
只是一个行程
只是故乡在逝去中的一端
我俯下身
溪水里的天空更加高远
我俯下身
在梦境中睁大眼睛
那里
有我熟知的虚无

当空色

夜深了
窗外的树木沙沙作响
落叶
正在给万物疗伤
用翻飞无定的轨迹

给树干虚构了
另一个天空
将落声压至梦里
把枯寂放到心底
以众生之名

清晨。我把院子里的落叶
全部扫净
然后
摇晃其中一棵树
让少许落叶飘下来

与此同时

另一个我
在枝头
听到了
它们与天地的对话

过梦境

当一片落叶经过炊烟里的屋脊
它就拥有了
众多的背景
当一片落叶经过围墙上的落日
它就拥有了
众多的方向
它安静地悬于离人的梦中
蜷缩的身子
保持着人世
所有的重量

万物身

一片落叶
在老屋的镜中是轮回
在秋虫的眼中是伞盖
在轻风的口中是咒语
在寂静的途中是盾牌
在牛蹄的印中是扁舟
在喜鹊的巢中是书信
多年以来
它以不同的形式
战胜了时间

落何处

杨树下的旧瓦
被月光快速地描摹了很多遍
在留白还没有形成之前
秋风如闪念

让每一片落叶
皆保留一颗笃静的心灵
在空旷里
不留一点儿阴影

枯荣会

爆竹的碎屑
与黄叶
混在一起
自有况味
绿草掩映
这是对它们
最好的描绘

莫相逢

池塘里

黄叶漂浮

枯枝映在其中

它们又一次在倒影中重逢

这幻境比现实更深邃

更真切，更美

枝间落叶

簌簌而歌

我却无法在一场微风中

取悦自己

我默默地站在岸边

这双簧

永不可说

扫得尽

落叶的味道
还在小径上

天色大亮
我还没有准备好行囊

在我到来之前
长尾雀飞去绿，飞去黄

它是未知的扫帚
扫尽人世的彷徨

九秋凋

摇动辘轳
这井水比二十年前沉了许多
摇动辘轳
这井水比二十年前凉了许多
摇动辘轳
这井水比二十年前浑浊了许多
唯一
与二十年前相同的是
总有一两片枯叶浮在上面
直打转转

于甲午年丑月

明暗竞彩七记

岁运苍凉处，
本是无用物。

　　人生，可以清澈如许，也可以深不见底。人在世间走一回，最珍贵的，往往是无用之用；最清醒的，往往是从虚空中邀出真我。一切皆因时而动，而非执着。
　　我站在发黄的相纸上，深情地望着松花江水，那一年，我十八岁。

一

马车应是这个世上
最珍贵的交通工具
不仅仅因为它慢
更因为
它有大自然的无限生机
上车之后
所有事物皆须重新命名

二

山水高于我又是我
树下石上
万物可缩为方寸
留白
是时空的涌动
来去
是更高的秩序

三

美是暂时的不真实
稍纵即逝就是美
世界不可还原
因你我陷于尘世
爬山虎的卷须
伸到窗前
是对往事的轻抚

四

我蹲下来
和台阶一般高
与泥土中的众生
一起淹没在
润物无声的春雨中
一个花骨朵
紧握着拳头

五

童年本就是一个
遥不可及的乌托邦
能找回来的
只有那些面目全非的场景
阳光在叶片间闪烁
与破碎的生活
如出一辙

六

忽然发现
人生的布景已搭好
我们都是旁观者
又是剧中人
在一无所有之中献祭
这才是生命
最大的难题

七

我们把时间分成若干个格子
从年到时
每一个格子都让人身不由己
我们艰难地
从一个格子爬向另一个格子
格子本身就是
永动机与止痛片

于壬寅年冬月

世若无题七录

生死亦是回头路，
未知身处在何方。

　　在某个时期，我曾认为诗有题而诗亡。只知道"点到为止"，不知道"画龙点睛"，捉到的点滴真意，不经意间，又从指间溜走。后来，慢慢明白，无题不是没有题，而是不着意。人世本也无题，不过是一个人在行处留下的标记，不过是群山对一座老宅的朝拱。

一

年轻时看雨
喜欢朦胧的远山
现在看雨
喜欢窗玻璃上溅起的水花
任何一种美
在合适的时间里
都可以不加修饰

二

一条曲折的小径穿过旷野
伸向二十年前寂静的晌午
母亲送我去当兵
我们在田埂上停住
忍住泪水
天空深处
几朵捉摸不定的云彩
像一幅永远也打不开的地图

三

中年的孤独
像一个黑洞
禅
是我扔进黑洞的火把
所过之处
皆是般若

四

慢慢沉浸下来的灯光
把破旧的农具逼进幽微的尘烟
母亲穿针引线
手指的影子罩住了整个房间

我们躲在其中
像一盏盏小灯笼
被提着
走向遥远的田埂

五

那深藏于村庄的宁静
在某一时刻
是一处炊烟
对另一处炊烟的
界定
更是一条田埂
对另一条田埂的
遗忘

六

山谷里

砍柴之声不绝

年轻时

幻想

用它做一把好琴

觅一觅知音

山谷里

砍柴之声不绝

中年时

幻想

用它做灶下薪

暖一暖渐冷的人情

七

殿内的香客们
在香火中
顶礼膜拜
池中的鲤鱼
在栏影里
悠然不动

于乙未年辰月

生死如镜五偈

临镜不敢照，

唯恐是路人。

庚寅年，我因病手术。当我从麻醉中悠悠苏醒，慢慢睁开眼睛，仿佛一个新生婴儿。白炽灯的光束，在我的眼球上留下新鲜的妄象。那一刻，不知为何悲从中来，第一个念头：我究竟是谁？

历经此劫之后，我常常在镜前端详自己，一块镜子就是一块空地，一块空地分裂成两块空地，两块空地分裂成四块空地，直到它们分裂成茫茫的旷野，我深知，这是因为镜子的空，空地的空。但我始终不愿承认，那望不到尽头的空，会生出缤纷，而且，无时无刻不在虚化这个世界，无时无刻不在蛊惑人心！

病中吟

病床缓缓向前移动
移动
两侧紧闭的房门
似在别处
吊瓶的嘀嗒声
像一种召唤
药片摆脱了应有的名字
慢慢地沉入杯底
有谁知道
这永无尽头的走廊
像巨大的注射器
正从无常中
捅入我的心脏

了生死

夜深了
窗口是一架巨大的显微镜
闪烁着未知的火焰
病房里的三张床
变成了三条平行线
时间像纱布一样紧紧地裹着它们
一层又一层
黎明之前
它们将交于一点
三盏灯
失去影子的三盏灯
射入梦中
捉走
互相送行的弟兄

造化弄人

手表中的飞鸟
等着那个迟到的人

倾斜的梯子
等着那个一脚踏空的人

树皮里勒紧的铁丝
等着那个迷路的人

楷叶上的地图
等着那个朝圣的人

此刻
炉膛里只剩下微热的灰烬
那个面无表情的人正在寻找烂掉的斧头

此刻
万物被囚在一辆独轮车的平衡里
那个身无分文的人正在梦中流浪

此刻
命运如同老电视机上突然出现的"雪花"
那个背叛自己的人正在抽一根竹签

遗忘之始

人生
是不断寻找
替代的过程
然后
作为一个记号
消失在一个不可知的时刻
无声无息
然后
作为一个数字
留在无尽的序列里
嘀嗒作响

镜　中

在一个无法明确的时间
在一个无法明确的地方
有一座房子
被一块块巨大的、无形的镜子包围

有时，我看到自己在镜中老去
有时，我看到自己在镜中回到童年
生活似乎只在
这些反射中发生

每一天都会在镜中留下一个旧我
每一天都会在镜中遇到一个新我
镜中的世界变得越来越真实
现实的世界却变得越来越虚无

在一个孤寂的夜晚
我撞入了沁凉的镜中
痛苦地站在
那个永远也无法到达的地方

生死如镜五偈

当我环顾四周

却在镜中

看到了自己原来的房间

和那张苍白、疲惫的脸

于庚寅年子月

局中局十章

莫嫌落子多虚度，
局中尽是烂柯人。

终于明白，在中国象棋里，车马炮只是工具，将帅只是困于九宫的父母，一去不回乡的小卒才是我自己。

小时候，在村口那棵大柳树下，一群人，一盘棋，好不热闹。观棋之人要在别人的胜负中找到自己，我举起一枚棋子，求胜负难，求和更难。

村里的老先生常讲一句话："人生如盲棋，落子如打鼓。"一盘好棋，要踩上那个鼓点，仿佛秧歌要鼓，逢年过节要鼓，嫁娶要鼓，戏台开场要鼓。鼓声在民间是生生不息的节奏，听到它，心里就没了生疏，没了顾忌，那局棋也永远不会结束，即使树下的那群人早已散尽。

在我二十八岁的时候，我走到了棋盘的对面，对手已经省却。在我三十八岁的时候，我站在了棋盘的中央，棋子已经省却。在我四十八岁的时候，我埋伏在每个九宫格里，胜负已经省却。这么多年，唯有"和"字一直不敢省却。也许在未来的某个时刻，留给我的，只有楚河与汉界。

落　子

雨水还在敲打窗棂
我拈起一枚棋子
却久久不能落下
这深思熟虑的假动作
江山锈死其中
这棋子的棋子
有谁见过你真正的面目
也许
只需"啪"的一声
"啪"的一声，我已是十恶不赦的
刽子手
但从未有过一局
在我抽身后，能如此长久地
长久地摆放

独　弈

在老榆树下独弈
对面是十字路口和旷野
树荫移动
一切不可证明
这让我幻想
伐树
钻木
造更多叵测的棋子
然后，找到对面那个我
一决胜负
午时一刻
竟飘起细雨
打湿我多年的生死未卜
那一局愈发精妙
不明所以的路人
从棋盘中穿过
只留下腐烂的棺椁，和
无齿之锯

自出洞来

落叶从虚掩的房门刮进来
像一群不速之客
我忍不住拿起
那压着荒草与鸟鸣的棋子
我们又回到八年前的位置
当头炮对屏风马
这一次
都没有按谱行棋
也没有做任何记录
这一次
不为输赢
只为落子杀时光

棋敲三更

摆好棋子
拿起二路炮
忽见另一个我
坐在刚刚弈完的棋局里
双手托腮
我动了动干涩的嘴唇
窗外
有人痛饮伤怀
有人虚度良宵
三更了
夜色煎茶
不容细品
当下。我唯一能做的就是
敲一敲棋子
弄出一点儿干脆的声响

残局赋

冷雨夜
当街边的泥水溅上裤管
棋盘上只剩下过河的卒子
和一声叹息
当车站里的旅人涌向检票口
我也缓缓起身
含笑认负
当列车驶向远方
我已经从棋盘外
找回所有的棋子
所谓结束并未结束
苍茫的暮色
仍然滞留于积水的台阶

春弈辞

棋盘上
棋子越来越少
随着弹落的烟灰
泥里枝间
众多不相干的弈者
围坐在一起
东风又来
玻璃窗咣当咣当地响
它们也练习弃子成杀
外面，不是偷生的草木
就是浮沉于世的肉身

天设之局

天空像尘封的棋局
真想用
被你吃掉的棋子再下一盘
庸碌也罢，无为也罢
一场久违的雨水终会煮沸内心
滴水檐下，桃花烂熟
被洗净的四月
在今夜，那么遥远
又那么接近

打　谱

每当我打谱的时候
儿子总会跑过来
把棋子摞起
或摆出一些似是而非的形状
然后
又一个一个丢出棋盘
那声音很清脆
就像他第一次说"我"

仙人指路

兵七进一
卒七进一
老杨与快速落下的棋子
一起跌在了棋盘上
棋子散落一地
他早年孤身进城
打工不成，经商失败
最后回乡务农
以棋偷生
此时此刻，他自己都没有想到
竟然死得这么痛快
秋风穿堂
翻乱了棋谱
有一页上面依稀写着
"棋中第一步起兵最为莫测
是为仙人指路"
他曾用红笔在此处画了个圆圈
这是他留下的唯一痕迹

死　棋

从清醒中清醒
除了歇斯底里
请再为我放把椅子
剩下的日子
我要用一局棋去完成
棋子慢慢移动
慢慢死去
天空汹涌，却没有
一丝云彩
我们正襟危坐
徒有虚弱的形式
你说"将军"
这多像一句古训
那棵大白杨
高耸。茂盛
早就罩住了
我们的头顶

于癸巳年辰月

一个人的江湖五篇

一朝捞得湖中月，
人生处处是吾家。

　　太极拳的妙处不在于一招一式，而在于怎样表达内在的东西，把虚练成实，把实练成虚，它是用心证得的活盘。在清晨，一个人对着田野，徐徐而动，忽觉空间逐渐减少，时间逐渐积聚。太极拳与诗歌一样，都是用虚静对抗世间所有热闹。

无极之技

虚无的镜子，与
虚无的河水
是一个侠客藏身的好地方
也是藏梦的好地方
二十年来
我苦练太极拳
只想不凭欲望
找到它们
并把它们带到
无人的山中

假动作

把自己抛起
旋转
踢出一脚
却又一次
否定了这个动作的本意
就像我无法在生命的重量里转身
很多时刻
我躲在自己的后面
一个熟练的假动作
是我
与自己和解的唯一方式

太 极

清晨
虚弱的光线
穿过太极服
穿过缓慢的云手
穿过师父的影子
在庭院的尽头
建造传统
我必须在大门被虚构之前
找到那个我

虚无的招式

当我练到搬拦捶时
一只离群的大雁
在我头顶盘旋
似乎要落下，但
最终没有落下
院墙在落日里不断矮下去
我在漫长的孤独中
无端发力
它也在无尽的旷野上
静静消失

圈　套

在林间空地
用双脚给自己画了一个圈

它的偶然性永远大于合理性
只有在迷路的时候才能找见

我打开了大地的门户
把"天心"偷换

一个转动的太极
不应该被莫名其妙的事物击穿

一个容身之所
不应该被经验之磨压扁

我在圈上缓缓而行
掌中托着熟视无睹的人间

瓢虫在纷飞的落叶里穿梭

踏破的铁鞋随星而转

不知何时，我在圈外
又画了一个虚无的圈

于丙戌年丑月

情深不知处九章

此情何曾淡岁月，
忽然想起初见时。

在我的老家，有一种野菜叫马齿苋。它们总会被连根拔起，扔到路边，一场雨过后，却又能活过来，它们顽强的生命力，多像我们的爱情。

这场雨，是它们累世的泪水，是它们今生的因缘。此中，有一种爱情，是在还时间的债，却把自己活成了债主的模样；有一种爱情，骨子里有一种朴素的野性，却要用"生死"去相许。面对上苍的垂爱，不如在平淡之中当一回烟火神仙。

在人生的田埂上，在命运的微风中，"马齿苋"们向天地、向彼此倾身一拜。这一拜，万物皆成了它们的见证，虽不能轰轰烈烈，却能潇洒地活在自身的荣枯当中。

空椅子

这些年，不停地搬来搬去
掠走了我在世间的曲线

雪还在下
我空空荡荡地坐在角落里

不断地向内里回缩
我把自己坐成自己的轿子

我将永远空着
从被野草覆盖的小路上反复穿过

在一望无际的黑夜里
只剩下泛着红光的一个小小的穹顶

落脚点似乎永远无法预料
从《梁祝》到《西厢记》

突然，我再也找不到那个短暂的位置

靠背在逆光中只剩下一个虚影

突然，在我身体里还有一把同样的椅子
长满黑色的枝芽

永失我爱

她站在门口
大雨滂沱
夏夜像一面密封的大鼓
有着记忆中的鼓点
这是红尘中
最无力的时刻
多少呼喊
多少叹息
多少唇边颤抖的词语
都将淹没在
城市的轰鸣中

人间沸点

老水壶呜呜地哭着
徒留一个灯光昏暗的小厨房
我离开片刻
仿佛失踪多年
终要在她面前
倒出人世的沸腾
却无论如何
也倒不出那一声疼惜
在无尽的黑暗中
我端着茶盏
迎着扑面而来的秋风
只是慢慢地凉着
凉着

我在寻找一束光

我在寻找一束光
将自己安静地投在墙壁上
披着梦中的倒影
一直在世俗中退让

我在寻找一束光
将自己安静地投在墙壁上
口中的响尾蛇
在内心的草丛里徜徉

我在寻找一束光
将自己安静地投在墙壁上
钟声敲碎年月
在摇篮里长出翅膀

我在寻找一束光
将自己安静地投在墙壁上
哗变的白杨
带来一场新鲜的遗忘

山间即绘

山坡上
蒲公英忘记了自己的名号
残照里
只剩下凄美的舞蹈
它们卷曲着叶子
留下了熟悉却永远记不住的味道
它们不做主，更不做客
只做人间逍遥

蒲公英

有一个我
总能在不同的地方相遇
有一个旅程
永远无法到达
有一个家
永远回不了
在夜色中为自己送行
所有的风声
都是人间的疾苦
所有的摇晃
都是对遗忘的挣扎
无须占有什么
默默地用一条小路
把所有影子
删除

妙　境

仍记得一个背影

在寂静的山野中是如此渺小

仍记得浓密的柳荫

在蜿蜒的小路上写下曲折之意

仍记得她

慢慢转身露出稚朴的笑容

仍记得一朵朵碎花

在干净的粗布衣服上扎下了根

仍记得我

用尽整个青春也未将其庞大的根系拔除

致失散的人

伸出双臂
有一种思念像一盏探照灯
从遥远的岁月里
照亮人世的彷徨
我们曾是细节的俘虏
我们曾是彼此的救兵
今晚。一个拥抱
保存了所有的离别与相逢

交给时光

那青色的瓦楞叠加出久远的寂静
天空似亮不亮
儿子在松软的棉被里露出肩膀
妻子的长发散在枕旁
一束灯光幽幽地照着
这是此生最温馨的时刻
恐怕
心底的喜爱都是一种破坏
我们游历了很多地方
虽叫不上它们的名字
但时光早已给它们
起好了名字
就像现在

于甲午年申月

乡村往事八篇

岁月亦有饶人处，
群峰遥望静夜钟。

我在乡间小路上倒着走了很久，平原上的一处村落渐渐远了，黑土地依然壮阔。那一座座屋舍像上了发条的闹钟，虽然时间尚未定好，但它们发出的感召，比定好的时间还要急促。这急促像雄鹰从空中突然降落，擒得一个未知之物。

我在乡间小路上倒着走了很久，看着拉长的身影，一路这样逆着，时间一下子放慢了许多。那些说过的话，那些许过的愿，还有那些大胆的热爱，恰如乡间日子，很简单，却最有滋味。

我在乡间小路上倒着走了很久。远了，我的家；远了，我的爹妈。在那个村落渐渐消失在视野里的一刹那，仿佛真的有一双利爪从空中探出，将我捉走，不禁潸然泪下。

暮　晚

飘动的旗帜
是我装入行囊的风
从故乡一直扛到此处
才找到这个合适的时间将它释放
几朵云彩
在接近落日的地方有些汹涌
我第一次为失去无形之物
痛哭失声

门中之门

窗外的田野被收割一空
远处，几座草垛
像农家随意留下的记号
我试图打开窗户
却发现它是一面巨大的玻璃
我回身寻找出口
一扇黑色的门
没有把手，没有锁

我轻轻地推开那扇门
跨过高高的门槛
发现自己站在一个没有尽头的走廊上
走廊两侧是密密麻麻的门
一模一样的门
我尝试打开每一扇门
但它们通向的
是另一个一模一样的走廊

时间在这里失去了意义

每一扇门的背后都是无尽的分形
"你在寻找什么？"
一个旷渺的声音响起
我急忙转身
一个穿着长衫的老人向我走来
手里拿着古老的罗盘
隐约能见四个字：时空机械

我一怔
他竟长了一张我父亲的脸
"这里没有出口
就像生活一样
你唯一能做的
就是继续走下去"
"你是谁？"我轻声问
"我是死后的你"

他一睁眼，所有的房门全部打开
他一闭眼，所有的房门全部关闭
他缓慢地把罗盘转至一个红字之上
瞬间，消失在走廊的尽头
我没有去追赶
只是孤独地穿行在无以计数的门中

认真地在每一扇门上留下记号
直到再也无法分清

旷野里

有些时候
旷野里的落日
是我滚过的铁环
那小小的推柄
却丢在了童年

有些时候
旷野里的落日
是母亲膝下的毛线球
那怡然哼唱的曲调
却再也听不到

外 公

将所有感谢的目光
装在大红灯笼里
一个老中医才从容地离去
将人世的疾苦
收在一本秘籍里
一个老中医才安心地离去
岁月深处
传来震耳欲聋的碾药声
只有山野里的稻草人
一直站在那儿
戴着他喜欢的草帽

理想之歌

一群麻雀站在黑色的电线上
传唱着
古老的歌谣
一个走在田埂上的赤脚男孩
将自己的耳朵卸下来
扔到青天之上
他听到了自由的声音
一瞬间
他卸下了眼睛
卸下了鼻子
卸下了舌头
在野花烂漫的山野
他居然卸下了自己的心
从此,他拒绝长大
任凭时光将他送往任何地方

蛙 鼓

它蹲在荷叶上
身体里藏了许多面鼓
我埋伏在草丛里
等待它突然的一跳
我仅仅是为了
在它光滑的皮囊上敲一下
听一听
当下之声
与它在雨中的争论
有何不同

永恒的片刻

小溪里
迅速消失的泡沫
让整个童年趋于虚无
黑土地松软
天空仿佛永远飘着一朵即逝的云
时光侵入
万物在喉
两根高压线
从山坡出发
穿过我与父亲的头顶
伸向遥远的地平线
无声而又苍凉

雨　中

三五里路
却走了很久
雨滴透过树枝
打在人身上
即是捉
打在田埂上
即是放

这乡村细雨的捉放
是竹笛上故意缩放的手指
随着那虚无的笛声
脑海中竟浮现出一首诗来：
"人到中年岁月深
细雨仍是旧时音
阡陌已远孤村近
飞鸟犹似指南针"

我在心中默念着
隐隐的雷声在应和

摇曳的野草在应和
被勘破的寂静
也在应和

于庚寅年卯月

本无之无六令

窗外炊烟随风散，
山里老钟狮子吼。

　　诗歌应该不困于物，不泥于理，打破惯性，通过连续地断舍离，留下余韵和象意，然后在生命里打几个滚儿，从痴心到空心，从空心到痴心，再从痴心到空心，方可称为"无我"的境界。为诗要敢造世俗的反，饮清风明月，食山高水长。

一

中年像一根晾衣绳
一头系着游子，一头系着故乡
洗不去的风尘
蜕不尽的人形

二

老火车在旷野里吼出浓烟
蜗牛在雨中写下小篆
一个木偶在二十四节气里慢慢走成酩酊
榆荚在嚣尘中散作星移斗转

三

春风打开了万物的镣铐
钥匙早已在执念中锈掉
用心中的萤火换世间的明月
一只蝴蝶在游子的梦中脱逃

四

是谁在描摹东方的鱼肚白
是谁忍住心中的澎湃
我是凭栏人
却在凭栏外

五

喜欢临窗小坐
喜欢那三五花枝横着
喜欢那烟雨无所得
一句话也不说

六

一场没有输赢的赛跑
把自由之身永远留给了野草
任山野空寂
岁月如刀

辛卯腊月

四更鼓

飘落的花瓣
被留在一层又一层的认知里
一束清冽的光
让寂静的房间微尘激扬
它们是通往另一个世界的门户
等着咚咚的敲打声
我却在未知的墙壁上
寻找儿时的"兵书宝藏"

相映不识六章

池中清波随心寂，
映得万物不去识。

　　人生的钓线可长可短，故乡对于每个人，都是一个巨大的池塘，我们前半生在努力跃出水面，后半生又在努力游向水底。时光粼粼，万物映照在水中，究竟是自然的赋予，还是自我的觉知？在生死面前，这些已经不重要了，反正都映照在水中，虚幻与现实一样鲜活可爱。

潜龙勿用

盘曲在泥土之中的蚯蚓
感应到了分岔的时间
在寂静的乡夜
发出惊雷之声
它们用无数个自己在钓钩上扭动
获得了生杀之外的快感

很多年过去了
死去的蚯蚓
在游子的梦中仍是那么鲜活
我也像它们一样
在闹市中分身
却从不敢向人展示藏在身体里的钓钩
尽管我知道
大家都有一个闪着寒光的钓钩

每当夜深人静之时
我小心翼翼地把钓钩取出
轻轻地擦去污渍

然后又小心翼翼地放回体内
有时钩在心上
有时钩在肝上
只有钩到最痛处
才觉得自己是个真正的钓者

那些隐形的钓线
从我的口中、耳中、鼻中、眼中穿过
它们的另一端究竟是什么
我在经验与书籍里苦苦寻找
却一无所获
我坐在幽暗的灯光里
望着窗外
这个动作已经做过了无数次
却不知道只需轻轻一拽
就会拽出藏着烟火的村庄
拽出春意盎然的田野
拽出那些随时随地都会被斩断的蚯蚓
拽出一个更大的钓钩

我麻木地坐着
这一切终将被时间耗尽
何必在无外无内的迷宫里
增添无谓的因果

何必给那些缠绕的钓线
增添无谓的长度
新月如钩
令人生畏
那个回不去的故乡在荒谬的穷举中
又一次与我互为诱饵

苦咖啡

朋友们相继离去
我推开窗户
一片落叶
似坠楼之人
道路两旁
不知名的花朵
仿佛永远也开不败
眼前的一切像一场大病
来得太快又去得太慢
我煮熟更远的去处
它们属于空烟盒或者一块方糖
那时，春城霓虹闪烁
熟悉的苦味
就死在杯中

缺席者

醒来时
那一秒的疲倦与挣扎
醒来时
那一秒的茫然与悲伤
我将梦里的山水解散
落叶摇摇欲坠
一扇熟悉的玻璃窗
像一条长长的隧道
只留下那些被选择的
让我窃喜
让我无地自容

野　浴

我潜到水底
那窒息的感觉妙不可言
仿佛自己从未存在过
整个天空
倒映其中
我能触摸到它的深邃
突然
又莫名地悲哀起来
人世间
还有什么形象不能被映照
不能被混淆
我又一次浮出水面
环顾四周，山野苍翠
虫声一片
突然觉得
在这未知的湖水里
自己像一个死而复生的人

净月潭

大家围坐在净月潭畔

潭水里荡漾着云霞

我们不敢举杯

生怕潭水失去映照的能力

悠远的钟声

安静的钓竿

这些都是光阴的"胆怯"

灯火摇曳

把远山叠成一个个随身的包裹

也许

潭水正因此而浩渺

我们正因此而相信

陌生的孤独

窗玻璃上的擦痕
把眼前的田野分成了许多份
每一份皆是一个关隘
熟悉的事物也变得陌生
我不敢对视
那些被泪水泡过的眼神
我不敢度过
那些被灶火烧红的长夜

离家后
我把它们对折了无数次
悄悄地放到裤兜里
我深知每一道折痕都是擦痕
我用尽半生把它们搓成泥丸
不要去处
只要从众人的头顶
呼啸而过

癸巳年冬月

旧线缝春晖十调

绿满窗前柳不动，
旧家院里烟火浓。

小时候，家里拮据，母亲偷偷把还未长大的黄瓜摘下来，放到柳罐里，顺到井下，等我回家。那清凉的味道，足可以回味一生。我最喜欢母亲用灶火焖土豆、烤苞米，每次都是没等到火候，我就抢到手中，左手倒右手，右手倒左手，那心急火燎的样子，想想也欢喜。每到匮乏的冬日，母亲的腌酸菜就成了我最大的奢望，虽无白糖，却超过了世间所有美味。但这些都是有时令的，不是想吃就能吃到的，在那贫苦的日子里，是我心里的盼头。

那时，母亲没钱给我买玩具，我的玩具来自大自然。母亲常说："玩具是假的，只有几天的新鲜劲，原始的往往最真实，留得更久远。"这便是我最早的格物致知了。现在想想，母亲送给我最大的玩具，就是这个尘世。

火　盆

火盆摆在堂中
隐藏的火焰跳跃明灭
仿佛有了自己的意志
它橙红的光芒
投下春天的幻影
映照着农家的静谧
古老的火盆
来自多年前西山上的黄土
有着乡野的本色

火盆四周的空间是扭曲的
是微妙的
有时，一整个夜晚仿佛几分钟
有时，几分钟仿佛无尽的长夜
母亲用铁铲翻动了一下
烟火腾起
浓烈而不刺眼
它是探索过去的骏马
它是活过来的手印

陀　螺

当陀螺慢慢减速
它将死在自己的阴影之中
当重复结束
它才发现一切竟原地未动

每一秒都是为了回到更早的一秒
一个圈套着一个圈
一个梦套着一个梦
甚至虚构了更多的童年

它等着我
用尽所有的趣味
它等着我
用尽所有的伤悲

凑齐它旋转的每个面
找到藏在生命里的那杆长鞭
然后
狠狠地去抽打每一个辽阔的夜晚

假借之声

小鸡在里边啐
母鸡在外边啄
在茫茫夜色里
破壳之声
穿过旷野
穿过灯火
像过年时母亲擀饺子皮的声音
在这极短的相知里
我们又做了一回孩子

永久的礼物

锅盖上
阳光温煦
灶膛里
秸秆微火
只听见母亲轻声唱着无字歌
不知
这算不算回赠

以夜为舟

我睡在母亲身旁
在家乡安静的夜晚
一棵大白杨
擎着仅剩的几片楷叶
指向
月亮上斑驳的山脉
她花白的头发
像一条久远的河
缓缓地
流在黑暗里

水 缸

母亲蹲在灶膛前
热气弥漫的厨房
隐藏了
所有的感伤
将水瓢中的月亮倒入缸中
水波荡漾
包裹着人世最细弱的光线
包裹着农家最繁忙的闲静

绿柿子

柿子终于在架上结出果来
母亲告诫我们
未熟的柿子有毒
眼看柿子们由绿变红、变黄、变紫
我们满心欢喜
但有些柿子就是不变色
有一日，我忍不住偷偷摘了一个
竟然香甜满口
没有一丁点儿酸涩
那一刻我才明白
柿子也可以特立独行
这清平世界的本色
不知道胜却了多少万紫千红

甜　秆①

粗大的关节
让你有了奔跑样子
庞大的根系
却让你寸步难移
纵使你有饱满的谷穗
纵使你有可以重复的自己
纵使你有岁月包裹的乡间节气
也替换不了将被榨干的身体

---

① 甜秆是一种类似于甘蔗的植物，也称甜高粱。

慢　着

飞雪慢下来
灶火慢下来
母亲的眼神慢下来
在日复一日的等待中
慢比快
更加
难以追赶

不可描述

当稀疏的树荫
缓缓地
经过饱受侵蚀的土墙
虚掩的柴门
身后的旷野
无人的小路
又把我困于原地
母亲站在老照片前
抽着苦涩的旱烟
有谁知道
有一个人
需要她用一生去辨认
去剥离

丁酉年酉月

无梦可醒五省

梦寐假借地，
回首见本心。

　　在故乡的旷野里，纵声大喊，天地皆应。
晨雾有一种苍茫，恰如此时的人意。我伫立
良久，四周田垄纵横，远树如烟。想我漂泊
半生，困于俗套，远不及这些草木，它们在
四季轮回里大义凛然，虽扎根原地，却有玄
远的气概与无尽的化身。
　　天空的画布，布满了不同季节的云朵，
它们紧密地交织在一起，像一只大手攥住阳
光，想把这一切留在一个永恒的瞬间里。这
片旷野啊，曾是心念的流浪之地，曾是梦境
无法触及的寂静之处，曾是我灵魂的觉醒之
所……

秋夜问答

在长满青苔的石径上
隔着蚀骨的寂寥
白杨树被秋风一次又一次地追问

风问
你是谁
树答
你是我
风问
我是谁
树答
我是地
风问
地是谁
树答
地是天
风问
天是谁
树答

天是须臾不离
风问
须臾不离是谁
树答
立久成你
风问
你究竟是谁
树答
你是无名
风问
无名又是谁
树答
无名是人世的不相识
风问
不相识到底是谁
树答
因不相识，才可知我在

答在问先——
是负恩的秋意
更是戏台上可以切换时空的大旗
我们都是看客
一群在此路过的异乡人

替　身

我在一个昏暗的早晨醒来
发现自己躺在一张陌生的床上
墙壁上挂着一幅模糊的画
画中的鼓手正在专注地敲鼓

我记不起发生了什么
不禁号啕大哭起来
哭着，哭着，哭醒了
我竟开心地跳起舞来
田野里，响起不同的鼓声
我又一下子惊醒

躺在地板上，不知所措
暗骂："梦怎么比现实还真切"
好久好久，才想起自己
正准备去挂一幅画

游　戏

小时候，我们认真模仿过很多东西
只为有朝一日将它们轻易地放弃

每当沙包飞起
那些跟随我的人与我跟随的人
在乡路上快速躲闪
激起的尘土把我们淹没
这群终将流浪他乡的陌生人
只记得无意中钻入鞋里的小石子

扔在空中的嘎拉哈 ①
等着我们找到与它曾经相同的一面
每次落地
都会发出深沉而又令人不安的声响
仿佛某种深不可测的鼓声
在召唤着我们

---

　①欻嘎拉哈是流传在中国东北的一种传统游戏，嘎啦
哈指猪、羊、等动物后腿中间接大腿骨的那块骨头。

我们就是自己的观众

却分不清哪个才是真正的自己

曾　经

一推开门
是一竿竿豆棚瓜架
是闲坐在藤蔓之中的一轮冷月
一推开门
是怒长的萝卜
是蝴蝶的触角
一推开门
是由远及近的马蹄声
是化作雨凉的蛙鸣

我恣意挥霍着它们的时间
最后被两个字
死死地摁在烟尘里
故乡
让这些有了无尽的诗意
而故乡之外
都是天涯
甚至，一推开门
就已经是天涯

一个毫无意义的冬日

阳光不快不慢地穿过玻璃窗
暂寄于自身的动静之间

树影拉得很长
书桌上的书看了又忘

后山的雪真实无欺
却又充满了难以抗拒的虚幻

这些都在眼里
却不在思绪之中

正如释重显所说"曹溪镜里绝尘埃"
打鼓之人潜伏在斋戒与祭祀之中

我决定为此写一首诗
探究一下它们究竟为谁而存在

当我写下："万物是被白马冲淡的黑暗"
这一句后，便把草稿狠狠地撕碎

庚子年亥月

年年字搜空九章

几回立尽三更雪，
岁月浮身字搜空。

  过年应是岁月的缝隙，有无尽的欢喜，仿佛父亲给我留的门，一边是鼾声如雷，一边是纵情山野。

  初三晚上，按照习俗，每个房间放完爆竹，这个繁忙热闹的年就算过完了，但心中总似有不甘。爆竹的火光透过窗帘照进来，雪花在夜空里闪现，我躺在炕上，本想找一些恰当的词语对这一年做个总结，却不由自主地昏睡过去。

  一句未得不一定是件坏事，文字有时是苍白的，仿佛隔了一层，像那爆竹，年年如旧，留得一地纸屑。

那年烟火

暮色薄如契约
蹲在屋顶的麻雀
又一次被炊烟的气息所迷惑
黄狗无端地对着柴门狂吠
窗花绚烂得像有了可以寄托的身世
母亲仍在厨房里忙碌着
父亲打开家谱
摆好供品
爆竹声声
一个猝不及防的节日
就这样活生生地
将人心最柔软的地方腾出来了
一下子
热闹变得恬静
喜气也有说不尽的思念

点　燃

再也听不到铁匠铺里的敲击声

再也听不到牧羊人的鞭声

再也听不到母亲的呼唤声

只有爆竹在黄昏中更加响亮

这炸开的寂静

却是一根更短的引火线

我们来不及转身

收拢的枯枝

从旧历里惊醒

让今夜这场风雪

无处可依

过　年

大年三十
红彤彤的灯笼挂在屋檐下
爆竹噼啪
我从梯子上退下来
一个身子是不够的
一个向上仰望的动作仍然留在半空之中
此刻
庭院是安静的
飞雪是安静的
炊烟是安静的
爆竹本身也是安静的
两只麻雀从篱笆上惊飞
一只落在梯子的空格上
一只落在爆竹的残屑中

独角戏

簌簌的白雪
偶尔的一声咳嗽
让这个黄昏慢慢沉浸下来
明天是大年三十
单身宿舍
静得那么不堪一击
我忍不住去扮演父亲
去扮演母亲
去扮演不能扮演的自己
在一次又一次的重逢里
无以分身
仿佛
每一个时刻
都曾经
被搜寻
被占有

贴挂 "牵"

门楣上的挂钱
玲珑剔透
在春风中抖擞着莫名的鲜艳
今天是我第四十次把它们贴在上面
糨糊里的辛酸与喜气
抵不过这草草的一刻端详
曾经多少次
执着于它们的图案
曾经多少次
执着于它们的牢固
却忽略了
它们透过的景致

除夕夜

雪花绕着灯笼飞舞
追逐自己的影子
枣红马安静地望着
似乎忘掉了自己
空虚随时可能被填满
穿上新衣服的人
又回来了
在新旧交替的时刻
格外孤独

停　顿

透过黑色的田野
眼前隔着无限的空旷
射向夜空的烟花
一颗挨着一颗
像在遗忘熟悉的事物
这是一年中
最后的热闹
让人高兴
也让人悲伤

爆竹声较往年更加提前
更加响彻
却多了几分陌生
密集时
仿佛时光敲出的至纯至烈的鼓声
稀疏时
仿佛总有一个什么东西
在等待
那突然的几声脆响

消逝的节日

久久地
站在大雪纷飞的庭院
顺着西北风的路
仿佛看见了不愿长大的我
被苍茫的田野层层包裹

炊烟轻淡
更有一种莫名的浓烈
烟花在黑色的天空里盛开
照亮整个村庄
一瞬间走完了它的一生

一群人围着火堆
有时会把插在袖筒里的手
放在一起搓一搓
在短暂的欢呼里
仿佛该回来的都回来了

无行之行

立春
落日在黑色的树林里沉得更低
万物因此拥有了双重角色
比任何时候都绚丽
戏台上的帷幕
藏在似悲似喜的火烧云里

有一个人穿过苍茫的田野
三十年未曾停歇
炊烟连绵
始觉人间情味浓烈
我伸开手指
轻轻地抚摸这即将浩荡的黑夜

庚子年巳月

犹来无止六章

无意辨归途，
野旷随心宿。

父亲是很出色的车把式，赶马的鞭子打一下，必定打得晴空彻响。他说自己一生经历了很多错误的选择，但在我看来，这些错误正是他的福气，这些错误就是生命的正解，正如他一鞭子抽出的"天地不仁"，往往又是最大的慈悲。

记得他带我们兄妹三人去挖野菜。那时，婆婆丁有未经世事的苦涩；小根蒜有历尽沧桑的辛辣。我喜欢它们破土时的样子，就挑小的挖，两个妹妹却挑大的挖。父亲则挑不大不小的挖，他直起腰，看看我们的柳筐，突然开心地笑了，那也是他笑得最开心的一次。

生活对我们，没得选择，我们对生活，

却要有得选择，正如春天来了，由不得我们准备，只要合乎春意，无论在任何地方，都可以为自己做主，那就是最真实的写照了。

别路难再

缓慢的马车
在夕光中颠簸着
也许
有一种心愿
将永远留于泥土之中
也许
有一种距离
始终都不敢承认
青纱帐
村落
归鸟
在这一去不返的时光里
静穆着
似乎获得了一种奇妙的力量
就连父亲粗暴的吆喝声
也带着
悠悠的远意

秋　分

那年深秋
我第一次离家
父亲在庭院里不停地劈柴
铮亮的斧头
清晰的年轮
"咔、咔、咔……"
那声音怪异
有好多种节奏
有好多处回音
与莫名的伤感混合在一起
像压在喉咙里的一声声叹息
我忍不住回头
父亲手起斧落
湛蓝的天空
那么沉重
那么高远

致旷野

我们向旷野深处走去
薄雾
空树枝
高压线上的灰喜鹊
冷风吹动衣襟
炊烟拖住晨曦
很多年了
我们朝着同一个方向
同一个村落
却相背而行
没人能够相送
更没人能够阻拦

笼子的秘密

父亲用高粱秆编就一只笼子
装来几只彻夜长鸣的蝈蝈
年幼的我
仰着头
安静地蹲在门槛上
院墙外
无边无际的青纱帐起伏着
村庄被编成一只更大的笼子
事实上
我并不知道
有诸多不同的笼子
藏着不同的腔调
一直挂在
同一个地方

无名小站

车窗外
雪花扑闪
从暗夜里袭来，
仿佛汲取了什么
一个无名小站
有取之不尽的过往与归处
灯影里
他用泛黄的烟纸
把这一切仔细卷好
为了生活
他必须忘掉自己的身份
在天亮之前赶到那个杂乱的工地
他缓缓转身
火车缓缓离开
把这片刻的安稳
重新交给陌生的旅程

那年那月

轻轻地
擦掉玻璃上的雾气
我看见年迈的父亲滞留在长途客运站

轻轻地
擦掉那陌生的车站
我看见一辆牛车缓慢地走在故乡的土路

轻轻地
擦掉那条泥泞的土路
我看见炊烟在虚静里越来越白

轻轻地
我擦掉半生时光
才找到那颗百感交集的心

乙未年申月

身如传舍六章

忽见炊烟迎陌路，
忍顾当年满座空。

　　我一直记得，母亲将萝卜切成半月形的薄片，每一片都是白皎皎的，脉络上有一股素气，煮熟之后，却变得透明，仿佛一弯上弦月映在池塘里。汤中只点几滴油花，一点儿盐末，用勺子轻轻搅动，它们便跌宕自喜，甚是分明。长大后，我亦煮于人情冷暖之中，此身复彼身。寒暑如贼，偷走了我的化身，虽然人生的汤色未变，但是心意已经熟透。当年萝卜的自喜忽如一种自怒？可惜，与我，喜与怒隔了半生。

活　着

一只灯笼发出微弱的光芒
它用空虚之锤
打在门前的台阶上
打在旅人的脸上
打在刚好经过的雨滴上
它要敲出比雨水更真实的声音
茫茫黑夜
让它有了一颗颤抖的心

没有终点的旅程

我专注地看着
甚至忘了自己
铁轨旁的电线杆子
一根一根地闪过去
像一种棒喝
时光飞逝
我来不及记住
这些孤立的身影
它们
总是先于我
消失在旅途深处

借　宿

门缝里透出一束灯光
像来不及卷起的画卷
一个拉着行李箱的异乡客
漫无目的地走着
他只剩下一炷香的时间
他已经忘记

这曾是一个赶考秀才的一更天
柳枝与微风
被锁在互换的形态里
他已经忘记

门前缺少的那一步台阶，与
门前缺少的那一处天井
曾经像一根鱼骨卡在咽喉之中
他已经忘记

那个曾经为自己开门的人
早已在琉璃塔中
找到了一个无能为力的虚词

庙　会

三条金鱼
从桥洞穿过
它们在追逐什么
它们在寻找什么
这时
如果它们停下来
就可以看到一群面无表情的人

信　仰

村庄空了一大半
我知道
那把钥匙就压在砖头下面
却不敢去拿

我害怕下面是一窝蚂蚁
或者是
根本叫不上名的虫子
根本不曾见过的虫子
根本无法预料的虫子
它们乱作一团
仿佛做梦的黑夜被抢走

我更加害怕
那把钥匙在锈蚀之后
被它们奉为图腾
藏往另一个世界

奔　赴

车窗外
白茫茫的旷野与奔跑的楷树
把自己瞬间的意气
留在了漫长的旅途中
它们存在的意义
是在这个清晨与我相见
它们存在的意义
是将所有清晰变作隐约
然后，安静地离去
不需要被谁记住
哪怕我已知道它们的本来面目

戊戌年寅月

鸡唱天地清四章

鸡唱宅前知世苦，
却无更鼓证天地。

在辽阔的田野里，第一声鸡鸣多么苍凉！这雄浑高远的召唤，久久地回荡在夜空之中，胜却一切醒世箴言。一声起，众声应，时间只是它们的暗号。鸡唱三遍天下白，在这无形的驱动之中，每一声鸡鸣皆有佛性，只是我们少了一颗悲悯之心，或者仍在梦中踽踽独行。

每一次回乡，我都试图将每一声鸡鸣拼接在一起，组成一个清晨的地图，从中找回第一个在黑暗中亮灯的人，从中找回第一个生火的人，从中找回第一个淘米的人！

遗弃的宫殿

有那么一个瞬间
你知道你是谁
有那么一个瞬间
你知道天地是谁

你为时间营造迷宫
你为迷宫营造时间
你的咽喉是巨大的门轴
你的王冠是黑暗中的火焰

在干支的无限循环中
迷宫的最后一个房间
终将被轮空
你就昂然地站在里面

临　杀

我还是我
只是把头丢在了泥土里
我血喷如雨
隔着晦涩的窗玻璃
这是时光
为我设下的诡计
一条热闹的死胡同
仿佛读懂了清晨的奥义
我不屑倾听
这一刻人世的消息
我不屑直视
这一刻万物的痕迹
那些被欢乐与痛苦
称量过的石子
已经在火热的胃里
为我磨好了最后一粒米

怀 乡

杀一只鸡是容易的
把它从天台带到长春是容易的
把它胃里的碎米与石子完整地取出
是容易的
把它肺中的炊烟与火气抠除
把它心里的淤血与光阴挤净
就不容易了
整整一个冬季
它一直在我的体内
引颈而鸣
我忽然热泪盈眶
从十二楼的餐桌旁起身，不知
身在何处

呐　喊

乡下
一只公鸡竭尽全力地打鸣
苍郁的腔调
带着嘶哑
它要把所有的时间叫成清晨
它要把沉睡的乡村叫醒
每次回家
都会看见不一样的它
我开始担心
一觉醒来
再也听不到它的声音
连同那个村子
就在这次临行之前
我把它的声音录下来
带到了城里

辛丑年午月

我心安于何处九章

岁月不曾还我真面目，
灯笼提骨留得玲珑心。

那是一个春日，我们并坐在山岗上，漫山遍野绿油油的，庄稼还未长高，一眼能望到好远。长空里响起呼鸣，那是一个游子隔着半生才能听到的声音，纵使天涯海角也不觉得遥远。

有时候，故乡不再是一个具体的地点，它是一颗无法安放的心。心，在芽苞点枝时，它才是它；在风沙满襟时，它才是它；在春雨敲门时，它才是它；在月钩如钓时，它才是它。每当我试图触摸它的真实面貌时，它又变成另一种形态。

有时候，故乡，在一个灯笼的骨架里，在黄泥墙剥离出来的麦梗里，在带着体温的铁锹里，在茫然无措的蚁群里，变作一份功过表，却不知为谁而填写，却不知记录哪番人间事！

你拿出一个发黄的字条，轻声地读给我："山中归路即是心头卷席。"这是我离开家乡，第一次失意后，蘸着月光写下的。

身体的地图在暮野里缓缓打开。不知什么时候，我们像自问自答的渔樵，万物虽在眼前，故乡虽在眼前，但那颗火热的心却一直蒙在鼓中！当年一语成谶，完成了它最后的一击："我们孤独而来，又孤独而去，在时间的陷阱里，后会无期。"

宝 塔

每个周末
我都会走出村庄
站在一座山岗上
眺望着远方

山岗对面是一片广阔的荒野
在荒野的中心
耸立着一座巨大
又无用的塔

有一天
我鼓足勇气穿过荒野
塔的入口
是敞开着的

塔内空荡荡的
只有脚步的回响
只有一个旋转楼梯
只有从八个窗口吹进来的风

我不由心生欢喜
即使我知道它还有另外一个顶端
我孤单地站在塔顶的平台上
我的村庄小如蝼蚁

这座塔并没有给我带来
任何奇妙的视野
它高于一切，又空无一物
却是这个村庄唯一的参照

乡　夜

一弯新月
缓缓地穿过杨树林
一匹老马
嚼着干草
几只蚊虫
遁入清虚的夜色
熟悉的柴火味还在
屋檐下的老玉米还在
只有那一两声犬吠
与梦中的情境不同
夹杂着
似有还无的风声
带来一种难言的抚慰

土　炕

在烟雾缭绕的土炕上
每一条裂痕都有它不能到达的地方

窗外。风吹秸秆是对过往的叹息
时间一下子空白而漫长

远处的人声、畜声变得清晰
那是大自然美妙的要义

热炕头上的被窝与灶坑里的柴火
被一双无形之手留在了梦里

夜色沉沉，我又嗅到了
炕席下那股陈年的烟火气

放学路上

白色的热气
从厨房的门缝里飘出来
那是母亲的味道
田野的尽头
天地相交
像一只微闭的眼睛
凝视着我
一条条黑色的林带
恰似蒙眼布
让我
从闪烁的灯火里
从耕牛的哞叫里
寻找着人生的信息

剧 中

故乡的白杨收拢枯枝

藏住风声

转瞬即逝的黄昏

静止在一扇古老的木门上

庭院深处

一只白鸽

从飞檐中救出自身

落在黑色的电线上

其间的距离

突然

被久违的飞雪

照亮

夜　归

我驾车
在乡路上快速前行
孩子们坐在后排座上
安静地看着黑暗中的田野
我们从未像此刻这样沉默
在这么近的距离

唯有路旁被车灯渐次照亮的白杨
异常真切
一棵树一闪而过，另一棵树又
扑面而来，仿佛从未消失
下一棵树竟是上一棵树留下的影子
留下的空档

若干年后
这条路以及远处灯火阑珊的村落
也许就不在了
孩子们将在另一条无法预知的路上
和我一样，或者和我不一样
也带着他们的孩子

爬山虎与燕子

一袭翠蔓

一直爬到屋前灯笼杆的尽头

先端的卷须与细叶

凌空而立

一只燕子

衔来新泥

在房梁上筑巢

它将飞到更远的田野里

母亲把它们当作亲人

任其自由

她常说这些能给人

带来喜气

几十年过去了

我终于明白

它们的去意竟是归意

不管它们爬向何处

飞向何方

都是在与时间

进行一场较量

隐　者

一群觅食的麻雀扑棱着远寂

飞过公路

大雪纷飞

村庄像颗秕谷

掉入悲悯的草图

我用手指做了一个开枪的姿势

想把心里的虚无放出来

雪地上

脚印凌乱有秩

这是儿时的场景

我无法找到那应有的一声巨响

直到那些黑影

从无尽的过往里

一哄而散

解　脱

一个豆荚就是一个替身
它双手抱拳斥秋风
一只黄犬在小径上飞奔
它不再需要任何目的地
父亲在田野里
用尽一生把一个动作练熟
母亲坐在灶火前
安静地过完每一个瞬间
儿子在窗玻璃上
画下钟点
墙头的野草
投入最初的晃动
这些熟悉的影子
在平凡的日子里穿梭
故乡
正经历着
前所未有的广阔

甲午年申月

跋

　　当代诗歌，应是醍醐灌顶的彻悟，然后才可以谈立意的新颖、布局的严密、境界的高妙、音律的和谐、神韵的捕捉。诗人不是故事家，更不是哲学家，诗人要利用时空去造象，直指内心，妙在有情无情是真情，有意无意是真意，正如下棋，当我们会用车马炮时，只能说刚刚入门，当我们会用兵卒时，才可以说略通一二，而一兵一卒即是诗中的腔调与虚词。

　　我喜欢气象万千的诗歌，但象不可虚妄，气不可死绝。意境气韵磅礴而精微，是我一生的追求。气象不是诗人写出来的，而是诗人从虚无处托邀出来的，以实托虚，以有邀无，千古名篇，无不如是。

　　诗歌应审察在目力，消息由心观，然而，世人给诗歌分成了不同流派，定出了各种标准，这就加速了诗歌的衰败，甚至很多诗人亦不懂诗，因为我们忽略了诗歌的历史脉络与存在的根本。

诗歌就是对时空的再一次命名，命名即是在一个线索的尽头，乘兴寻去，过去的种种就——复活，一种气场也氤氲开来，一股向往的力量随时可以披肝沥胆。诗歌自先秦是一次独白，有真性情；自魏晋是一次归隐，有真风骨；自唐是一次高蹈，有真意象；自宋是一次涅槃，有真境界；自新诗是一次重组，有一条很远的路。但它们都有一个相交线，然而，遁到其外者，有几人？

诗歌的内演在心声，诗歌的外演在际遇，诗歌的本质就是一个"机"字。机者，灵魂淬出的火花，理性的意外，感性的偶然，是挣脱语言的那一瞬间。古汉语的优势在于内涵，劣势在于设限；口语的优势在于气息，劣势在于松泛。所以说，文字是媒介，又是障碍，修辞更是，一个想挣脱语言的诗人，一定是个好诗人。

尤其在今天，人类的心灵在商业的物欲中迷失着，在工业的框架中局促着，在科技的链条里冥顽着。心灵需要舒展，却又紧贴着眼前的现实。诗人的使命是用一首诗将其移开片刻，让生命的光，投射到里面，给忙碌疲惫的心灵，带来一些安慰。

我自幼酷爱诗歌，一直是只知其妙，不知其所以妙。中国古诗词的底蕴十分深厚，是传统文化的黏合剂。为什么有些时候入宝山而空回？因为传统的鉴赏停留在"熟读百遍，其义自见"的阶段太久了，对诗的本质极少剖析，仅有一些零星的诗话或一些眉批笺释之类的指引，这就慢慢形成了一个点到即止的状态，对于诗歌本身来说，作者亦是读者，读者亦是作者，所以当代诗歌，要敢于追问。

追问之下，会发现诗歌之隔，不仅隔于表象与形式，也隔于庙堂与市井，这是千百年来，曲折艰辛的诗心，不曾明了的原因吧！尽管诗中之"机"是那样的空灵倏忽、隐微玄妙，但是读者能获得多少呢？有人之境靠言传，无人之境凭意会。每个人经历不同，人生体味自不相同，诗歌在某种意义上，恰似一个映照万物的镜子，在不同的时空里映照出不同的东西。但是，诗心是千古共通的，诗理、诗意、诗象本质都不过是一种"机"罢了。

机动则气来，气聚则神出，神住则诗成。

跋

319

岁月遥远，诗道幽微，怎样写诗、品诗，皆是一场意外而已。

　　正是：

云绘众生相

浪淘数恒沙

愿做江中鲤

出水看芦花

闫鹤廷

癸卯年申月